KB119752

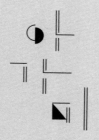

구병모 장편소설

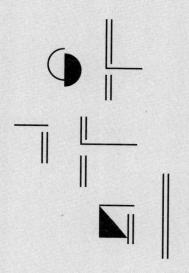

위즈덤하우스

차례

나는 맑은 정신으로 헛것을 볼 만큼 심신미약자도 아니고 오컬트 신봉자도 아니며 술에 취하지도 않았어요. 예, 물론 생맥, 마시긴 했어요, 오백 딱 한 잔. 과일 안주랑 소시지볶음이 나왔지만, 나는 이름이 좋아 팀장일 뿐 갑과 을의 관계를 성사시키거나 최소한 부드럽게 조율하기 위한 접대 자리란 걸 망각하지 않기 위해 접시에는 젓가락 한 번 가져가지 않았어요. 그래도 우리 기획안이 채택될지 모르는, 아니 꼭 간택받아야만 하는 중요한 자리에서 상대방 기분 맞춰가며 오백으로 끝났으면 양호하지 않은가요. 알코올 분해 효소가 아주 없는 사람이 아닌 다음에야 그 정도로는 문제없어요. 끝까지 내 허벅지 한번 만져보겠다고 온갖 수작을 다 걸던 거래처 전무의 손을 어떻게든 기분 상하지 않게 떼어내려 애썼고, 아니 완전히 팩 소리 나게 떨쳐내지는 못하죠, 그랬다간 기획이고 뭐고 다 날아갈 판국인데. 귀싸대기야 맘속으로나 수십 번 왕복으로 날려줬지, 아무튼 그 작자를 콜택시에 태우고 90도로 허리를 꺾을 만큼의 분별력도 남아있었는데, 지금 그게 중요한 게 아니라요, 평소 고객이나 거래처를 접대할 때 삼천은 기본이고 양주 회오리도 불사하는 내가 오늘은 딱 오백에 조금도 취하지 않았다는 게 핵심이에요.

강 다리를 건너기 전에 택시에서 내려버린 건 순전히 돈이 모자라서였어요. 카드는 전전달부터 미결제 대금이 쌓여 이미 사용 정지 상태였는데 지갑엔 현금도 아슬아슬하더라고요. 일단 잡아타고는 지갑이 허락하는 데까지 이르러서야 사정을 설명했지요.

솔직히 그렇게 말한 건 대학 시절에 두어 번 비슷한 일이 있었을 때, 현명하고 자비로운 데다가 센스까지 넘치는 기사님이 미터기를 끄고는 가진 만큼만 주세요 집까지 갑시다 세상도 험한데, 하고 친절을 베풀어주었던 경험을 바탕으로 했어요. 하지만 늘 그런 좋은 기사님이 얻어걸리는 건 아니더라고요. 돈도 부족하면서 택시를 탄 게 잘했다는 건 아니고, 경범죄 처벌법 위반 혐의로 즉결심판에 넘어갈 수 있다는 사실도 알지만, 그래도 다리 하나 건너 꺾어지면 금방인데 정말로 사람을 다리 초입에다 내려놓고 신경질적으로 바닥에 침을 뱉으며 떠나버릴 줄은 몰랐어요. 기사님이라고 땅 파서 장사하는 거 아니니까 이해는 가지만요. 그럴 거면 집까지 가서 모자란 만큼 갖고 나오면 되지 않느냐고요? 아저씨는 집에만 가면 늘 돈이 있다고 확신하실 수 있어요? 돼지 저금통 째고 긁어봐도 없는 건 없는 거예요.

마른입이나 좀 적셨을 뿐인 알코올마저 휘발되고 나니, 내 몸을 통과하는 강바람이 얼마 뒤엔 나를 찢어놓을 거라는 짐작이 갔어요. 거기에 혼자 밤 다리를 건넌다는 공포감까지 겹쳐서 보행에 필요한 움직임 이상으로 팔이 크게 흔들리고, 남들 귀에는 거의 안 들리지만 만약 듣는다면 민망할 게 틀림없는 톤으로 노래가 나오더라고요. 그러지 않고는 그 긴 다리를 건너는 동안 추위와 무서움을 이길 수 없었으니까요.

그런데 사람이, 그거 아세요? 자기 목소리에 자기가 취하고 밤공기는 머릿속에 섬광을 일으켜, 백주라면 결코 하지 않을 짓을 부추긴다는 걸요. 술도 안 들어간 채로 밤바다를 바라보며 아무도 안 듣는데 공연히 누군가의 이름을 부르거나 소리 질러본 적 없으세요? 거봐요, 물이 멀쩡한 사람도 미치게 한다니까요. 제 친구가 전면 베란다 창으로 강이 내다보이는 아파트에서 살거든요? 그 애가 페이스북에 전망을 찍어 올려놓은 걸 보고 다들 부러워했는데, 의외로 전망 좋다고 너무 오랫동안 내다보고 있으면 안 된다고 그러더라고요. 바라보다 뛰어내리고 싶어진다며. 아무튼 모든 물결 치는 소리는 세이렌의 노래라고요. 다리 중간쯤 가다 말고 흐르는 강물을 향해, 오늘 만난 모든 인간들의 이름과 직책을 하나하나 부르고 그들에게 각각 다른 죽음의 방식을 지정해가면서 저주한 건 그 때문이에요.

하지만 물소리하고 달리는 차 소리가 내 목소리를 다 삼켜버리니, 들어주는 사람 없음을 알면서 소리쳤는데도, 막상 그 사실을 확인하니까 새삼스레 울음이 터지는 거예요. 만취해서 우는 술버릇이 평소 조금 있기도 했지만요.

습기를 머금은 공기가 한숨 같은 밤 자락 사이로 섞여들어 만용을 불러일으키는 데에는 그리 오랜 시간이 걸리지 않았어요. 그래봤자 우리같이 힘없고 백 없는 비굴한 봉급

생활자들이 일상에서 아주 조금이라도 이탈했을 때 취하곤 하는 가벼운 제스처나 일시적인 흉내 수준은 넘어서지 않았다고요. 나는 그저 다리를 따라 둘러진 철창 모양의 난간, 그 철책 사이로 떨어뜨렸지만 기적처럼 다리 가장자리에 반쯤 걸쳐져 놓인 내 휴대전화를 주우려던 것뿐이었어요. 그 와중에 할부 기간이 한참 남았다는 생각은 들었나 보죠. 철책 사이로 손가락을 디밀어보았지만 얇은 전화기 하나 겨우 빠져나갈 틈에 손이 들어갈 리가 없어서, 하는 수 없이 다리를 가위질해서 철책을 넘었단 말이에요.

무슨 뜻인지 아시겠어요? 나는 자살 희망자가 아니었다니까요. 그냥, 한창때는 지났지만 다리 가장자리에 서서도 허리를 굽힐 수 있을 만큼 내가 아직까지는 날씬하고 날렵한 것 같아서 그랬을 뿐이라니까요. 핸드백 쥐고 죽으려는 사람 보셨나요. 물론 아저씨들께는 죄송한 거 알아요. 위급한 순간을 견디며 아저씨들을 기다리는, 다른 출동할 데가 산적했는데, 간밤의 사건 사고 보도를 장식할 만한 일을 제가 저질러버린 셈이 되니까요. 좀 아까 여경분은 살아주셔서 감사하다고 저를 위로해주셨지만, 제 나이가 몇 갠데 공무 집행 절차라는 게 그리 화기애애하게 일단락되지 않는다는

사실쯤은 알죠. 저 출동비 포함해서 벌금 얼마나 내야 하는
지는 좀 지나서 나중에 알려주세요, 안 그래도 심란하니까.

　……한 팔은 난간에 단단히 끼고 다른 쪽 손을 전화기로
뻗었는데요, 팔을 90도 각도로 접어 난간에 끼고 있다 보니
까 그 정도 허리를 구부려서는 손이 안 닿더라고요. 그렇다
고 조금 더 앞으로 나아갔다가는 발끝에 채어 전화기가 떨
어질 것만 같았어요. 어쩌겠어요, 낀 팔을 풀고 난간 철봉을
손으로 잡을 수밖에. 그게 정말 손에 거의 닿을 뻔했다고요.
바로 옆으로 새벽 버스가 질주하면서 그렇게 갑자기 경적을
길게 울리지만 않았다면요.

　그 신경질적인 포효가 형태와 부피를 갖고 내 몸을 밀어
내기라도 한 것처럼, 손에 그나마 남아 있던 악력과 마찰력
이 떨어져나갔어요. 몸이 기역 자로 구부러지면서 허공에
떴을 때 엄마의 얼굴이 머릿속을 스쳤어요. 내게 남은 유일
한 가족이자 참을 수 없이 무거운 짐이. 얼굴이 점점 수면과
가까워지자 이제야 반딧불이처럼 가벼워졌다는 홀가분한
마음마저 들었지만 동시에 이런 식으로 짐을 내려놓기란 억
울하기도 했고, 엄마를 돌봐주는 간병인 아주머니는 내일
아침까지 나를 기다리다 투덜거리며 몸을 움직이지도 못하

는 엄마를 놔두고 가버릴 테고, 우리말도 잘 통하지 않는 사람이 나를 위해 실종 신고 따위 내줄 턱이 없는 데다 그녀 자체가 불법체류자인 만큼 그저 받지 못한 하루치 수당을 포기할 뿐이라면, 내 이름 세 글자도 기억하지 못하는 엄마는 젖은 기저귀에 몇 번이고 변을 보아 욕창이 난 채로…… 여기까지 생각이 미쳤을 때 물속에 처박혔어요. 보통 사람이 죽는 순간에는 세상 모두를 용서할 수 있을 것 같지요? 안 그래요. 이왕 이렇게 물귀신이 될 거였으면 아까 술을 더 마셔서 취해버릴걸, 그러면 기획안 따위는 어찌 되든 내 알 바 아니고 최소한 전무 손모가지는 비틀어버리고 지사장 얼굴에 가래침이나 뱉어줄 수 있었을 텐데, 하고 중얼거리던 내 입속으로 물이 들어왔어요.

물고기 똥이랑 사람들이 유람선에서 흘린 자잘한 쓰레기를 비롯한 이물질이 눈과 입으로 밀어닥쳤어요. 입속에 들어찬 그 끔찍한 부유물들로 위가 점점 무거워지면서 몸이 가라앉는 느낌이 들었어요. 가진 물건 중에 가장 가벼운 핸드백이 물에 떠올라 나도 모르게 그 끈을 놓지 않으려 발버둥질했던 기억도 나요.

믿으실 수 있겠어요? 그와 동시에 수십 마리 물고기들이 나한테로 모여들어 몸을 휘감았다는 사실을요.

어둠 속이었지만 물고기들은 달빛을 받아 희미하게 반짝이는 무지갯빛 지느러미로 물살을 힘차게 튀기더니 도상학적인 무늬를 수면에 그리며 대열을 이루었어요. 사람이고 물고기고 간에 뭔가 크고 무거운 게 위에서 낙하하면 본능적으로 흩어지게 마련이잖아요. 뭐가 떨어졌는지 호기심을 충족하려 다시 모이기까지는 시간이 제법 걸리고요. 그래서 그 순간은 생각했어요. 얘들이 내가 시체인 줄 알고 뜯어 먹으러 모여드는구나. 지리학적으로 불가능하지만 설마 피라냐 같은 거라도 끼여 있으면 어쩌지. 걔들은 소 한 마리를 5분이면 뜯어 먹고 뼈조차 남기지 않는다던데. 정신은 혼미해졌지만 머리 위 어딘가에서 열대야의 불면증을 털어내려 밤놀이를 즐기던 몇몇 사람들이 나를 보고 뭐라고 소리치며 우왕좌왕하는 걸 알 수 있었어요.

그때 물고기 떼 속에서 사람 머리가 불쑥 솟아 나온 거예요. 자칫하면 폐에 물이 고이고 의식을 잃기 전에 심장마비가 먼저 올 상황이었어요. 그 짧은 순간에도, 이건 나보다 먼저 물에 빠져 죽은 사람의 시체이며 내가 하필이면 그 위로 떨어졌고 물고기들은 이것 때문에 우글거렸나 보다 싶었으니까요. 그런데 그 머리가 나를 보면서 뭐라고 입을 여니 그 야말로 숨넘어갈 지경이었는데 지금 생각해보면 나도 참 대 담해요, 어떻게 그 상황에 정신 줄을 놓지 않았는지. 그러면 서도 그가 살아 있는 사람이라는 데까지는 왜 생각이 미치 지 못했는지.

그다음은 물에 뜬 것처럼 몸이 갑자기 가벼워지기에 나는 나도 모르게 23년 전에 YMCA에서 딱 한 달 배웠던 배영을 몸이 본능적으로 기억하고 있는 줄 알았어요. 그런데 눈을 떠보니 물고기 떼 한가운데서 나온 그 남자가 나를 안고 헤 엄치는 거였어요. 그는 '정신 차리고 힘 빼요'라고 말한 것 같고, 마치 오랜 시간 강물에 들어앉아 누군가가 빠지기를 기다리기라도 한 듯이 몸에서 강물 냄새가 났어요.

빠르게 가까워지는 반대편 강기슭을 바라보며 생각했어 요. 상황 판단이 명료하게 되지는 않았지만, 이 사람은 내가 떨어지는 걸 본 다른 행락객들이 구급차를 부르기 위해 허 둥대는 동안 먼저 나를 구해주려고 뛰어든 모양인데, 어째 서 사람들이 손짓하는 가까운 쪽을 놔두고 굳이 이렇게 멀 리 반대쪽으로 헤엄쳐 가는 걸까. 그러나 그때는 그런 걸 따 져 물을 경황도 없었어요.

그 남자가 나를 바닥에 내려놓았어요. 양손에 거칠고 단단한 시멘트 감촉이 닿는 순간 마거리트가 만발한 초원에 몸을 부린 듯이 안도했지만 마신 물을 토해내는 게 먼저였어요. 그래도 의식이 있어서 혼자 힘으로 물을 토할 수 있을 정도였으니 그렇게 많이 마시지는 않았나 봐요. 그게 다 문제의 수상한 남자가 나를 제때 건져주었기 때문이겠지요.

속이 얼마쯤 편안해지고 숨쉬기도 힘들지 않았지만 젖은 옷이 체온을 빠르게 앗아갔어요. 전화기는 결국 줍지 못했으니 몸을 움직여서 어디로든 가야 사는데 꼼짝도 할 수 없었어요. 강 건너 공원에서는 마침 도착한 구급차와 경찰차로 불빛이 번쩍이고 사이렌에다 야단이었지만, 저게 길을 돌아서 여기까지 오려면 얼마나 시간이 걸릴지 짐작하고 싶지도 않았어요. 나는 오로지 정신을 잃지 않기 위해서, 아직도 몸이 반쯤 물에 잠겨 있는 남자한테 기침과 함께 헐떡거리면서 물었어요.

"그쪽은 왜 이리로 나오지 않아요?"

그게 나를 살려준 사람한테 고맙다는 인사 대신 한 첫마디였어요. 남자는 그 말에는 대답하지 않고 대신 이렇게 말했어요.

"구급차가 이쪽까지 건너오려면 시간이 좀 걸려요."

몸 밖으로 나온 소리가 물살에 닿았다가 밤공기를 두드리고 내 귀에 진동의 흔적을 새기며 흩어졌어요. 그 목소리는 자연에 존재하는 어떤 소리와도 닮지 않았고 컴퓨터로 만들어낼 수 있을 것 같지도 않았어요. 분명 사람의 입에서 나오는 소린데, 마치 맑은 공기가 그 사람의 몸속에 순간적으로 응결되었다가 굴절과 파열을 반복한 끝에 가장 고운 성분만 걸러져 수많은 입자로 흩어지는 소리, 온몸이 떨림판이 되어 밤을 둘러싸거나 밤에 은닉한 모든 것들과 부딪쳐 공명하는 소리였어요. 그 목소리를 듣고 비로소 상대방이 사람 아닐 수도 있겠다는 생각이 들었어요. 그런 초자연적인 상황이 벌어져도 더 이상 의구심을 품을 만한 여력이 없을 정도로 몸 상태가 한계에 이르렀거든요.

"거기 옆에 굴러다니는 신문지 쪼가리라도 덮고 있어요. 나도 이 꼴이라 딱히 덮어줄 게 없으니까. 기껏 나왔는데 저체온증으로 죽으면 안 돼요. 정신 차리고 눈 부릅뜨고 있어요."

그런 목소리를 가진 사람이, 말투는 구어적이고 구체적이라 도무지 안 어울려서 내 인식은 현실감으로부터 더욱 멀어졌어요.

"아니 잠깐, 그러면 왜 나를 여기까지⋯⋯ 도와줄 사람들은 저 건너편에 있는데."

그 사람은 나를 안고 헤엄쳐 왔는데도 전혀 숨이 차거나 추워 보이지 않았고, 그런 비현실적인 모습은 점점 더 내 상상에 확신을 얹어주었어요.

"내 편의대로 해서 미안하지만, 건너편에는 사람이 너무 많아서."

그 말로 순식간에 상황이 이해됐어요. 그 사람은 사실이나 오해, 누명 여부를 떠나 범죄자로 쫓겨 다니고 있으며, 위험에 놓인 사람을 도와주기는 했지만 경찰하고 가까이 있고 싶지 않은가 보다. 하지만 이렇게 흠뻑 젖어서는 어떻게 도망칠 셈이지? 아니 그 이전에 정말 사람이 맞나?

"저기 일단 좀 나와서⋯⋯ 그렇다고 다시 헤엄치거나 잠수할 거예요? 그러다 그쪽이 큰일 나요."

"나는 괜찮아요."

그렇게 말하며 점점 뒷걸음질하는 남자의 몸이 물에 조금씩 잠겨들었어요. 그 남자를 잡고 싶었지만 손가락 하나도 내밀 수 없었어요. 차가운 강물이 온몸에 붙어 있던 때 같은 감각과 구현 가능한 최소한의 운동 기능마저 계면활성제처럼 씻어갔거든요.

남자가 등을 돌릴 때, 나는 틀림없이 보았어요. 뇌수까지 얼어버릴 것 같았지만 그 순간 정신은 갓 세공된 거울만큼 맑고 감각은 사포로 벼린 송곳처럼 예리했어요. 그만큼 충격이었거든요. 어깨를 살짝 덮는 길이의 젖은 머리카락이 목에 들러붙어서 그의 귀 뒤에 호 모양의 홈이 팬 것이 보였어요. 아주 잠깐이었지만 그 호가 덜 닫힌 마가린 통 덮개처럼 살짝 벌어지며 물이 조금 흘러내렸지요.

착각이 아니냐고요. 계속 물속에 있던 사람인데, 그냥 목이 젖었던 건지 갈라진 틈에서 새어 나온 물인지를 어떻게 아느냐고요, 그것도 어둠 속에서. 저도 처음에는 보통의 상처라고 생각하고 싶었지만, 생긴 지 얼마 되지 않은 거라면 그만한 크기와 깊이에 당연히 피가 흐르고 더구나 물과 섞인 피가 아래로 번졌겠지요. 생긴 지 오래되어 피부에 완전히 자리 잡은 상처라면 그렇게 뚜껑을 열었다 닫듯이, 입술처럼 벌어지거나 움직이지 않는다고요. 아시겠어요? 거기에 달빛을 받은 그의 목은 사람의 살결이라기보다는 섬세한 그물무늬를 가진 비늘처럼 빛나 보였다는 사실도 보탤게요.

그가 물속으로 완전히 몸을 담갔을 때, 이제 꼬리지느러미가 수면 위로 한 번 떠오를지도 모르겠다고 기대했어요. 인어란 사람이 보는 데서는 변신하지 않는 법이니까, 물에 잠긴 다음 모습을 바꾸어 단 한 번 꼬리를 솟구치리라고 말이에요. 하지만 기대와 달리 물에 들어간 그는 두 번 다시 나오지 않았어요. 구급차가 결국 건너편으로 올 때까지, 강물 위에 부걱거리는 수많은 거품 가운데 무엇이 그가 뿜어 올리는 공기 방울인지 알 수 없었어요.

목격자들의 말에 따르면 당신을 건져준 사람이 있다는데 어디 갔느냐고 구급대원들이 물었을 때, 나는 그 사람이 물 밖으로 나오지 않으니 수색해달라고 했어요. 그건 최소한 사람의 도리와 일반 사회의 상식을 갖춰 말한 거였지만, 사실은 그러면서도 그가 벌써 어디론가 무사히 헤엄쳐서 사라졌으리라고 믿었어요. 그대로 물속으로 깊이 빠져들어 다른 물고기들과 한데 섞여 또 다른 강줄기를 따라갔을 거라고 말이에요. 그 부옇고 탁한 강물이나마 자기의 고향이거나 유일한 집이어서 거기 몸을 맡길 수밖에 없을 거라고요. 결국 부근에서는 시신이 발견되지 않았지요?

차라리 물고기 떼가 내 등을 받쳐주어서 강기슭까지 실어

다 주었다면 한 편의 아름다운 동화 같기나 할 텐데 사람이 구해주었다 하니 아저씨들이 이렇게 골치 아파하는 것이겠죠. 문제의 사람이 나오지 않았으니 시체라도 건져야겠는데 이 여자는 물에 빠진 충격으로 자꾸 잠꼬대나 하고 앉았다고, 얼굴에 그렇게 씌어 있네요.

어차피 제가 뭐라고 해도 믿어주지 않을 거면 차라리 물고기들이 건져줬다고 할 걸 그랬어요. 그러면 물속에 있지도 않을 시신 때문에 이렇게 아저씨들의 기력을 낭비하지도 않았을 텐데요. 꼭 써서 내야만 한다면 보고서에는 이렇게 꾸며 올리는 게 어떨까요. 문제의 구조자는 물에서 나오지 못하고 익사하거나 실종된 게 아니라, 당연히 할 일을 했을 뿐이라며 정체를 밝히지 않은 채 그대로 자유롭게 유영하는 한 마리 물개나 돌고래처럼 헤엄쳐 떠나갔다고요. 그러는 동안 가끔 수면 위로 머리를 내놓아 호흡을 골라가며 마침내는 한 개의 점으로 멀어졌다고 말이에요. 어디까지나 그런 보고서가 받아들여진다면요. 사고자의 정신착란으로 보인다는 소견을 첨부하면 안 될까요?

이제 집으로 가봐도 되나요. 아까 간신히 연락이 닿아 다행이지만, 간병인이 더 이상 못 기다린다고 최후통첩을 했거든요. 그대로 엄마를 내버려두고 가더라도 이제는 살아 있는 제가 언제든 가볼 수 있으니 괜찮기는 하지만, 제가 자리를 오래 비울수록 그분이 말 못 하는 엄마에게 화풀이할 가능성이 없지 않으니 5분이라도 빨리 집에 돌아가 일당을 지불하고 싶어서요. 그렇게, 살아 있어봤자 한숨 나오는 찌든 생활에 등급을 매기듯이 딱한 눈으로 바라보지는 말아주셨으면 좋겠어요. 저를 동정하는 대신 아저씨가 지금 저를 위해 해주실 수 있는 가장 바람직하고 현실적인 일은 이제 그 보고서를 마무리 지어주시고 저를 돌려보내 주시는 거예요.

자, 저는 그것이 사람이었든 물고기였든 혹은 네시였어도 상관없어요. 중요한 건 그가 저한테 한 번 더 살 수 있는 기회를 주었고 저는 집에 가서 엄마를 돌보며 필사적으로 돈을 벌고 재계약에 성공해야 한다는 사실뿐이에요. 다음에는 정말 이런 일이 있으려야 있을 수도 없겠지만, 또다시 물에 빠진다면 인어 왕자를 두 번 만나는 행운이란 없을 테니 열심히 두 팔을 휘저어 나갈 거예요. 헤엄쳐야지 별수 있나요. 어쩌면 세상은 그 자체로 바닥없는 물이기도 하고.

물안개 앞에서 남자는 차를 멈췄다. 그대로 밀어붙인다고 부러질 성싶지 않은 단단한 나뭇가지들이 덤불져 있었다. 어린아이 정도나 그 사이로 몸을 이리저리 틀어 헤치고 나갈 수 있을 법했다. 남자의 원래 계획은 차를 탄 그대로 액셀을 난폭하게 밟아 나무들 사이로 돌진하는 거였으나, 검은 나뭇가지들이 서로를 향해 경쟁적으로 팔을 얽은 모습을 보니 그건 불가능해 보였다. 20만 킬로미터 넘게 뛰어 폐차 직전인 경차로 거기 달려들어봤자 가지들 사이에 끼인 채 앞으로도 뒤로도 나아가지 못할 터였고, 그러다 보면 어느 순간 자신의 선택을 후회하거나 결심을 번복하게 될지 몰랐다.

차 문을 열고 내린 남자의 코끝에 들꽃 냄새가 내려앉았고 밤의 술렁임은 귓바퀴를 간질였다. 미지의 움직임과 생경한 촉각들이 밤의 마디마디에서 저마다 기지개를 켰다. 한 번만, 다시 한 번만. 지금까지 이 앞에서 몇 번을 돌아섰는지 남자는 세어보지 않았다. 피부에 찬 물기가 닿을 때마다 말라비틀어진 과육 같던 심장이 의욕적으로 뛰었던 기억들, 마지막으로 한 번만 더 속아보자던, 믿어보자던 기대들 혹은 체념들. 어둠 속에서 수증기가 낱낱의 모공을 열어 속속들이 세척하고 나면 한때 묽어졌던 촉각이 다시 살아나 사고가 명료해지고 앞으로 어떤 일이 일어나더라도 감당할 수 있으리라는 긍정과 확신이 온몸을 채웠다.

  그 확신은 현실의 문턱에 발등이 걸릴 때마다 엷어져서, 그것이 흔적만 남거나 시늉에 불과할 때쯤 남자는 밤 호수에 가서 같은 일을 반복하곤 했다. 어느 날 집에 돌아와보니 얼굴에 코피와 콧물이 말라붙어 엉긴 아이가 탈진 상태로 간신히 숨만 쉬고 있었을 때, 그 아이의 옆에 제대로 소독하지 못해 쉰내가 밴 젖병 다섯 개를 채워두고 출근하면서 바깥 자물쇠를 걸어 잠그기를 48일간 지속한 다음 여름에 접어들자 부패한 분유를 먹고 토사물에 얼굴을 박은 채 파란 얼굴로 잠든 아이의 더운 몸을 안아 응급실에 데려갔을 때,

폭우와 태풍으로 정강이까지 차오른 물과 동네 주민들의 떠다니는 가재도구를 헤치고 지나가 반지하방 문을 열자 흙탕물 한가운데서 머리만 내놓고 물끄러미 아빠를 올려다보는 아이의 영문 모르겠다는 듯한 눈과 마주쳤을 때, 실수령액 108만 원에 불과한 월급이 11개월째 연체된 끝에 밀린 월세 때문에 보증금을 빼앗기고 몇 안 되는 세간이 길바닥에 내던져진 다음 비좁은 경차 안에서 아이와 둘이 몸을 부대끼며 눈을 붙였을 때. 꼽아보면 세상 어디든 흔히 있는 일이었고, 그것이 한 사람에게 연쇄적으로 닥쳐오는 일도 그리 드물지 않았으며 한 가지 불행은 철저하게 다른 연속된 고통의 원인이나 빌미가 되기 마련이었다.

집 앞에 버려진 몇 안 되는 세간은 연락받은 재활용 센터에서 재빠르게 실어 갔다. 고철값을 벌려던 업자들이 경차도 집어 가려다 그 안에 잠든 아이를 보고 돌아선 뒤, 집주인은 집 앞을 떠날 하루의 말미를 주었다. 휘발유를 채우지 못해 그걸 몰고 어디론가 갈 수는 없었다. 이튿날 반지하방에 들일 새로운 이삿짐을 싣고 용달차가 골목으로 들어오는 바람에, 집주인은 트럭이 들어오기에 방해되는 데다 흉물스럽기까지 한 차를 어디로든 빨리 치워버리지 않으면 레커차를 부른다고 닦달했다. 남자는 아이를 태운 뒤 사이드브레이크를 풀고 차를 밀어 경사를 오르내렸으며, 다닥다닥 붙은 단독주택들을 차례로 지났다. 이 집 앞에서 하루, 저 집 앞에서 또 하루를 보냈다. 아이의 유일한 바람막이인 작은 차를 버리고 갈 수 없었다. 마침내 골목이 끝나고 도로가 나왔을 때, 남자는 더 이상 그 차를 밀면서 차선 하나를 모두 차지하고 갈 수는 없다고 판단했다.

남자는 골목 입구에 차를 놔두고 전철역 화장실에서 찬물로 아이의 머리를 감긴 다음 벽에 부착된 핸드 드라이어 밑에다 아이 머리를 밀어 넣어 말렸다. 냉풍으로만 설정된 드라이어는 머리를 얼릴 뿐 말리는 데에는 별 도움이 되지 않았다. 머리 말리기를 포기하고 아이를 다시 안아 올릴 때 머리를 드라이어 본체에 부딪쳤다. 남자는 아이의 이마를 문지르며 물었다. 아프니? 아이는 고개를 저었다.

입성을 조금 수습하고 사장을 찾아가 급한 대로 1개월치 월급만이라도 조달을 요구했을 때, 사장은 난처하다는 얼굴로 우는소리를 하기도 하고 남자가 단단히 버티고 선 데에 놀랐는지 달래기도 하다가 나중에는 으름장도 놓던 끝에 코웃음 치면서 옆에 끼고 온 그 아이라도 어디 앵벌이단한테 팔아버리면 되지 않느냐고 반문했다. 그 순간 남자의 머릿속을 팽팽하게 당겨 현실에 붙들어두었던 한 가닥 극세사가 뚝 끊어지는 소리가 났다.

잠에서 막 깨어나 나른한 표정으로 눈을 비비는 아이를 한 팔에 안고 호수 앞에 선 남자는 마지막 남은 담배를 뽑아 입에 물었다. 아이는 말이 늦었고 무해했고 다정했다. 떼를 쓰거나 외치지 않고 자신에게 주어진 한 뼘만큼의 공간을 잘 참아내는 아이였다. 천천히 연기를 뱉어내며 남자는 아이가 이해할 수 없을 이야기를 한마디씩 들려주었다. 자신은 좋지 않은 상황에서 할 수 있는 최선을 다해왔다고 생각하며, 사장의 머리를 모조 백자로 쳐서 죽여버린 지금은 아무것도 돌이킬 수 없다는 말을, 엎어진 사장의 바지 뒷주머니에 꽂힌 지갑을 뒤져 여기까지 왔지만 이 앞은 물일 뿐 더 이상 나아갈 데가 없다는 말을.

이내촌은 둘레 길이 약 2킬로미터, 평균 수심 약 5미터에 이르는 이내호를 둘러싼 마을의 이름이었다. 이내라는 이름처럼 멀리서 바라보아도 흐릿하고 푸르스름한 물안개가 맴도는 모습을 볼 수 있었다. 다가갈수록 조밀해지는 청회색

습기. 남자가 검은 물거울에 자신을 비춰보면서 문득 떠올린 것은, 자신은 여기까지이나 아이는 어쩌면 어딘가에 맡겨져서 무사히 살아갈 수도 있으리라는 한 가닥 기대였다. 그러나 곧 세상에 홀로 남을 이 아이가 겪게 될, 종류와 정도를 가늠 못 할 폭력과 곤궁을 떠올렸는데, 아직 일어나지 않은 일들에 골몰하는 거야말로 무의미하나 가능성만은 매우 높다고 할 수 있었으며, 그렇다면 어느 쪽이 더 가혹하고 비참한 일인지를 저울질하다가 결국 이 아이에게 삶이란 죽음에 이르기까지의 과정을 더 늘리는 일에 불과하다는 결론으로 마음이 기울어졌다. 이 아이의 앞날은 뜨거운 물에 뿌려진 한 줌 설탕의 운명만큼이나 명백해 보였다.

편하게 해줄게.

다음 순간 아이를 안은 팔에 힘을 준 남자의 몸은 요란한 소리와 함께 이내 호 속으로 떨어졌다.

수면을 때리고 부서져나간 소리의 조각들이 바위의 침묵을 흔들었다. 나뭇잎들이 맞닿은 속살을 비벼대며 서로를 향해 비명을 질렀다.

노인은 문득 몸을 일으켰다. 조금 전 잠결에 귓가를 친 물소리는 새가 수면에 날개를 적시는 수준의 소리와는 차이가 났다. 더구나 이어서 작은 동물들이 분주히 움직이느라 나뭇잎이 바스락거리는 소리는 작지 않은 동요의 증거였는데, 이런 소리를 들으면 만귀잠잠한 밤의 호수에 금이 갔음을, 이내촌에 가장 오래 살아온 사람으로서 싫어도 알아차릴 수밖에 없었다.

노인이 부스럭거리며 점퍼를 걸치는 소리에 옆 이불에 들어 있던 열 살 먹은 손자가 눈을 떴다.

"영감태기 잠도 더럽게 없네."

쏘아붙인 다음 소년은 이불을 머리끝까지 끌어올려 덮었다.

"늙은이 옷 주워 입는 소리에 반짝 눈뜨는 네놈도 만만치 않아."

언젠가는 이 주두라지를 어떻게 좀 해야 할 텐데. 노인은 이불에 덮인 소년의 머리를 쥐어박고 일어나 손전등을 집었다.

문을 열다 노인은 무언가가 발에 걸려 쥐덫을 건드린 줄 알고 펄쩍 뛰었다가 발등이 무사함을 확인하고 손전등을 비추어보았다. 『어린이를 위한 장자(莊子)』라는 제목에 '학급문고' 스티커가 붙은 책이 쓰러진 책가방 입 밖으로 반쯤 나와 있었다.

"그렇게 물건 좀 제자리에 놔두라니까 말 안 듣지."

못 들은 척 꼼지락거리는 이불 산을 발가락으로 두어 번 찌르고 노인은 알루미늄 도어를 나섰다.

둘레에 철망을 쳐서 접근을 차단한 지 10년이 되어가는 이내호는 아직까지 군 주민들의 주요 민원 대상이었다. 정작 그 원성은 이내촌 밖에 사는 사람들에게서 나왔으며, 이내호를 둘러싼 50여 가구는 귀신 나오는 호수라는 오명과 함께 크고 작은 야생동물들이 밤마다 내는 소음과 일상적으로 풍기는 냄새를 말없이 견디고 있었다. 살아 있는 것들이 원래는 자신들의 구역이었던 숲을 더욱 조심히 거니는 소리. 비라도 내릴 때면 한층 더 진해지는, 소화와 운동을 비롯한 생명의 유지와 순환의 냄새.

수년 전부터 민원이 잦아지기 시작한 건 이내촌에서 약 2킬로미터 떨어진 곳에 새로 아파트 단지가 들어설 예정이기 때문으로, 이내호는 그 아파트 단지에 있어서 유일하게 위락 시설로 기능할 곳이었다. 군민들은 가능하면 이내촌을 완전히 밀어서 제대로 된 호수공원으로 탈바꿈하기를 바랐지만, 현실은 이내호에 접근하지 못하도록 둘레를 막아버린 녹슨 철망과, 방만하게 조금씩 건드리다 말아버리는 바람에 어정쩡하고 흉물스러운 꼴이 되어버린 몇몇 구조물들, 훼손된 숲 따위만 널려 있었다. 한때 낚시터였을 때 생겼던 민박과 간단한 식당이 남아 있지만, 관광업에 종사한다기에도 민망할 만큼 푼거리질이나 하며 살아가는 사람들 외에는 대부분 도시로의 장시간 통근자들이 살고 있는 마을이었다. 이내촌을 밀고 호수를 정비하면 펜션을 비롯한 가겟집들도 다시 조금씩 생겨나겠지만, 그게 언제가 될지는 아무도 몰랐다.

관리인이나 경비대가 따로 없이 방치된 호수는 마을 사람들보다는 외부인에 의한 사고가 많이 생겼다. 재생 불량성 절망에 빠진 세상의 모든 인간이 이리로 모여들기라도 하는지 누군가가 호수에 몸을 던지거나 음주와 패싸움으로 살인 미수가 나는 일은 거의 월례 행사가 되다시피 했고, 가끔 호수 깊은 데서부터 무언가 썩는 냄새가 진동할 때면 주민의 신고를 받은 경찰이 와서 조직 다툼의 희생자로 추정되는 시체를 건지기도 했는데, 그렇게 건진 시체는 눈과 입에 청테이프가 붙어 있었고 온몸을 묶은 새끼줄은 천덩거리는 살을 깊숙이 파고들었으며 물고기들이 뜯어 먹다 만 살점들이

끈 여기저기 묻어 나왔다.

그런 중대 사안이 발생할 때마다 군청에서 사람들이 나와 호수 둘레의 철망을 좀 더 높이 이어서 쌓아올렸는데, 마을 사람들은 처음부터 자기들 것이 아니었지만 자기들 것이나 다름없이 누려온 호수를 새삼스레 공권력에 박탈당한 느낌이 들었으며, 아무리 담을 쌓고 문을 걸어도 뭐든 할 놈은 다 한다고 투덜거리고는 몰래 밤낚시 나갈 도구를 챙기기를 되풀이했다. 사실 몇몇 시체는 그와 같이 도린곁에서 금지된 낚시를 하던 이들이 발견한 셈이었지만, 투철한 시민 정신을 발휘한 주민들에게는 금지 구역에 들어간 데 대한 벌금이 한 달 뒤에 칼같이 청구되었기 때문에 요즘 주민들은 호수에서 뭐가 나오더라도 모른 척하자고 암묵적인 합의를 한 상태였다.

금지 구역으로 지정되었음에도 누군가는 거기에 침을 뱉고 누구는 토악질을 하고 누구는 똥오줌을 갈기고 누구는 추깃물을 흘리며, 누구는 그것들을 받아먹어 무럭무럭 살오른 물고기들을 낚아서 저녁상에 일용할 반찬으로 올리는, 그런 날들이 지속되어 왔었다.

노인은 우거진 수풀 사이를 손전등으로 비추며 철망을 더

들어 나가다가 엉성하게 짜인 철문을 발견했다. 이런 큰 문이 호수를 둘러싸고 네 군데가 더 있었지만 자물쇠가 채워졌기 때문에, 주민들은 낚시를 할 때 굳이 문을 찾느라 애쓰지 않고 철망을 넘어 다녔다. 노인은 철망을 넘기에는 위험한 나이로 문이 어디 붙어 있는지 그동안 알지 못했고 호수 옆에 살아도 실은 호수 옆에 살지 않는 것과 크게 다를 바 없었는데, 운 좋게 첫 번째 문이 열려 있었다. 부식되어 거의 역할을 못한 지 오래되었을 자물쇠가 끊어진 채로 철망에 걸려 대롱거렸다.

호수는 가끔 청설모 같은 작은 동물들이 나뭇잎을 밟거나 도사리를 갉는 듯한 소리 말고는 줄곧 고요를 품고 있었다. 사람이 아니라 동물이라도 누군가 이 빛을 보면 반응할 터였다. 노인은 호수를 향한 손전등을 휘저어보았고, 동물들이 스쳐 지나는 소리가 더욱 산란해졌다. 그중 어떤 소리도 노인의 잠귀를 잡아당긴 소리와 같지 않았다. 생사를 다투는 듯한 물살의 다급한 리듬이 분명 여기 있었다.

우거진 아까시나무 사이로 작은 차가 보였다. 이곳에선 더 이상 새삼스러운 일이 아니지만 성가신 문제가 일어났으리라는 예감이 선명해지자 노인은 가슴이 뛰었다. 차라리 그 안에서 연인들이 뒹굴고 있기나 하면 더 바랄 일이 없겠다 싶었지만 지금까지의 경험으로 미루어보아 차 안에는 아무도 타고 있지 않을 터였다.

노인은 차창 밖에서 불을 비춰보고 예상이 들어맞았음을 확인한 다음, 자신의 나이나 체력도 그렇고 경과된 시간으로 보아 누군가 산 사람을 건져내기는 이미 틀렸으니, 날이 밝는 대로 도움을 청할 젊은 사람들이라도 모아볼까 생각하며 호수를 등지고 돌아섰다.

찰랑.

완강한 수면의 침묵을 깨고 등 뒤에서 작고 가볍게 물결치는 소리가 들려 노인은 멈춰 섰다. 잔잔한 수면에 동심원 한두 개쯤 그려질 법한 소리였는데 노인이 뒤돌아서 불빛을 비추자 물 위로 떠오른 넓고 검은 덩어리가 눈에 띄었다. 사람의 등으로 보였지만 그 자세로 보아 때는 늦은 듯했고 노인이 직접 시체를 건져올 수 있는 깊이도 아니었다. 그래도 소리쳐 불러보면 그 등이 혹시 움직일까 하여 노인이 침을 삼키고 입을 열 때였다.

찰랑찰랑찰랑.

지느러미가 물살을 휘젓는 소리가 연속해서 들렸다. 호수에 하고많은 물고기가 살지만 그보다는 부피가 크고 중량감 있는 소리였다. 노인이 흙바닥에 미끄러지지 않게 버티고 선 기슭으로 소리가 점점 가까이 다가오는 동안에도 검은 덩어리는 꿈쩍하지 않았다.

조팝나무 잎사귀처럼 보이는 손이 물 밖으로 하나 나오는 순간, 노인은 자기도 모르게 손전등을 버리고 허리를 깊숙이 굽혀 그 손을 잡았다. 이어서 둥근 머리가 나타나자 그 몸이 물에 젖어 제법 무거웠음에도 노인은 절규에 가까운 기합을 넣으며 한 번에 건져 올렸다. 그러다 미끄러져 물에 한쪽 발목이 빠졌으나 엉덩방아를 찧으며 더 이상의 미끄러짐을 멈추었다. 물에서 나온 아이는 연거푸 기침하며 물을 토해내더니 곧 노인의 가슴에 머리를 대고 쓰러졌다.

"아가! 정신 차려. 여기 봐!"

노인은 아이 어깨를 잡고 조금 흔들어보았다. 저기 떠 있는 사람이 네 아빠인지 엄마인지 그것도 아니면 관계없는 누군가인지, 무엇보다 너는 왜 이런 데 빠졌으며 설마 납치라도 당해 왔는지 물어볼 게 많았으나 아이는 정신을 잃은 모양이었다. 숨소리를 들어보니 그저 잠들었을 뿐 인공호흡을 할 필요는 없는 듯했고 설령 필요하더라도 노인은 재직

시절 안전사고 연수 때 인체 모형으로만 배웠을 뿐 사람을 대상으로 실습해본 적은 없었다.

구겨진 비닐 점퍼 주름마다 아이한테서 옮겨온 물이 흥건히 고인 데다 바지도 젖었으니 아이를 안고 무거운 걸음을 옮길 수 있을지 노인은 확신이 서지 않았다. 많아야 네댓 살 정도로 보이는 작고 마른 몸집의 아이는 물에 젖거나 잠들지 않았으면 가뿐했을 테지만, 지금 같아서는 일흔을 바라보는 자신보다는 오히려 열 살 먹은 손자가 행동이 더 날렵하거나 최소한 아이를 옮기는 데 도움이 될 터였다. 등짝을 두들겨서라도 깨워 나올 것을 실수했다고 후회하면서 노인은 축 늘어진 아이를 안고 일어나다 휘청거렸다.

"영감태기 내가 이럴 줄 알았지."

노인의 얼굴에 불빛이 비추어졌다. 노인이 버린 손전등을 들고 소년이 다가와 있었다. 노인은 어린 손자가 이때만큼은 하느님처럼 든든해 보였으나 버럭 역정부터 냈다.

"전등도 없이 여기까지 겁도 없이 따라오냐. 발에 걸리는 거 천진데."

그도 그럴 것이, 흙과 돌무더기 사이로 정맥처럼 불거진 나무뿌리들이 언제라도 보행자의 발등을 걸어 넘어뜨릴 태세로 펼쳐져 있었다. 소년은 코웃음으로 대답을 때웠다.

"내가 할아버지 같은 줄 알아. 뭐야 그건. 죽었어?"

"죽었으면 건졌겠냐. 저기 뭔가가 떠오르긴 했다만. 잔말 말고 등 이리 대."

"아 씨 내가 왜."

노인은 소년이 쭈그리고 앉아 돌려 댄 등에 축 늘어진 아이를 업힌 다음, 점퍼를 벗어서 소년의 목에 둘러놓은 아이의 손목을 감아 떨어지지 않도록 묶었다. 소년은 아이를 업고 일어나서 중심을 잡기 위해 두어 번 자칫거리다 곧 성큼성큼 앞서 나갔고, 노인은 그 발 앞으로 불빛을 비추며 따라갔다.

"그럼 저쪽은 저대로 내버려두게?"

"지금 거기까지 생각할 여유가 없다."

"내 등 뒤에 이건 가망 있나? 수틀리면 도로 와서 물에다 던지면 돼?"

"새끼가 주둥이 안 닥치지."

"아 좀 때리지 말라고! 이거 확 버려버린다."

승강이를 하면서 노인과 소년이 바람막이 수준의 양철 지붕 아래로 돌아왔을 때는 이미 동살이 잡히기 직전이었다.

소년이 아이를 업은 채 힘겹게 신을 벗는 동안 노인은 방으로 들어가, 얼어 죽기 직전이 아니면 쓰지 않기에 장 깊숙이 처박아둔 전기장판을 꺼냈다. 장판의 접힌 자리가 오래되어 잘 펴지지 않자 네 귀퉁이를 의자와 베개로 눌러놓고 다이얼을 2단으로 올렸다.

"할아버지, 수건, 이불, 체온계."

노인이 장판 위에 낡은 요패드 한 장을 더 깔고 그 위에 수건을 펼치는 동안, 소년은 아이의 몸에 착 달라붙은 옷을 벗겨냈다.

노인은 수건과 이불로 두 겹을 싸맨 아이의 겨드랑이에 수은 체온계를 꽂았다. 5분 뒤에 꺼내 보니 34도였다. 아이가 아까보다도 호흡은 한층 더 편안해진 듯했으나 사람이 생존 가능한 최저 체온이라고는 생각되지 않았다. 지금이라도 구급차를 불러야 하는지 노인이 망설일 때 소년이 입을 열었다.

"할아버지. 문제가 좀 있는데."

"이 와중에 뭐가."

"지금 보니까 얘 귀 뒤에 엄청나게 큰 상처 있다?"

"무슨 상처?"

"몰라, 봐봐."

노인은 앉은 쪽에서 아이의 머리를 살짝 모로 돌려 손자의 말이 사실임을 확인했다. 칼을 수직으로 꽂아서 가르다 뽑은 듯한 곡선의 금이 가 있었는데 상처 깊이가 얼마나 되는지 확인할 엄두조차 나지 않을 만큼 심각해 보였다. 그때 소년은 눈을 휘둥그레 뜨며 고개를 저었다.

"어? 아니 그쪽 말고 이쪽 말한 건데. 거기도 있어?"

소년은 노인 옆으로 돌아가 앉아선 자기가 말했던 그대로의 상처가 정확히 반대쪽 동일한 자리에 있는 걸 보았다. 깊이를 알지 못한 기다란 호를 그린 두 개의 상처는 데칼코마니처럼 한 쌍을 이루고 있었다. 조금 어긋나게 덮은 뚜껑 같은 상처 사이로 손가락 반 마디만큼 드러난 진홍빛 살이 두근거리는 심장의 움직임처럼 일정한 리듬을 갖고 천천히 달싹거리다 잦아들었다. 이윽고 뚜껑이 잘 닫힌 모양이 되어 속살도 가지런히 덮이자 그 자리는 그저 붉은 금이 가 있는 정도로 보였다.

"이건 대체……."

소년이 손을 뻗어 만져보려는 걸 노인이 말렸다.

"건드리지 마라. 덧날라."

"아니, 좀 봐."

소년은 수건을 물에 흠뻑 적셔서 노인이 뭐라고 말하기도 전에 아이의 얼굴에 철벅 소리가 나게 없어서 코와 입을 틀어막았다. 그 수건을 쥐어짜 물을 흘리자 노인은 소년의 어깨를 잡아챘다.

"이불 다 젖잖아."

"이거 보라니까."

뚝뚝 듣는 물기를 뒤집어쓴 상처가 다시금 꽃잎이 열리듯, 콩 껍질이 갈라지듯 살며시 벌어졌다. 석류 열매처럼 드러난 속살의 두근거림은 명백히 생명의 움직임이었다. 아물어가는 상처가 억지로 쑤셔진 모습이 아니라, 희박한 산소를 찾아 호흡하려는 태곳적 기관의 발현이자 몸부림이었다.

이튿날 오후, 호수 주위에 또 한 번 금줄이 둘러쳐졌다. 이내촌 주민들은 철조망 주위에 모여 서서 그 너머로 한 남자의 물에 불은 시신이 들것에 실리고 흰 모포가 덮이는 모습을 보았다.

시신을 수습하고 주변을 정리하는 경찰들의 지루해 보이는 표정 사이에서, 입구 옆에 떨어진 녹슨 자물쇠는 죽은 남자가 떼어낸 것으로 대강 얘기가 모이는 듯했다. 다만 버려진 차를 조사한 결과 그 안에 남아 있는 음료수 페트병—애니메이션 캐릭터가 그려진 어린이용 색소 음료였다—을 비롯한 몇 가지 흔적으로 보았을 때 문제의 시신 말고도 유아 시신이 한 구 더 발견되어야 맞다며 수색 협조 인원을 요청하는 통신을 하기도 했다. 거기에 죽은 남자의 신원을 파악한 결과 전날 도심의 모 사무실에서 발견된 살해 시신과 고용 관계에 있었다는 사실로 비추어, 삶의 궁지에 몰린 서민이 우발적으로 범행을 저지르고 자녀와 함께 스스로 생을 마감했다는 각본이 짜이는 참이었다. 그러나 유아가 나타나지 않아서 그 각본이 완결성을 갖지 못하는 듯했다.

다른 주민들과 함께 그런 정황을 철망 너머에서 쭉 지켜보던 소년은 슬그머니 몸을 돌렸다.

"나는 늙어서 이런 일은 잘 모르지만 이 아이를 놔두면 안 좋은 일에 끼어들게 될 거다. 경찰한테 알려야 해."

오늘 아침 노인이 그렇게 말했을 때 소년은 코웃음 쳤다.

"호수에 들어가서 아이를 건져 온 걸 어떻게 설명하시려고."

"차라리 벌금을 물고 말지, 이런 경우는 생각도 못 했다.

남은 사람이라도 살려야겠다는 생각뿐이었지 그걸 영 숨길 셈도 아니었고. 사람을 건져준 한 언젠가는 호수에 들어간 것도 밝혀질 일이니."

"할아버지는 좋은 맘으로 하셨겠지만 애는 경찰에 넘기면 건져준 보람도 없어질걸. 봤잖아, 사람인지 물고긴지 모르겠잖아. 부모가 누군지 가족 아무라도 있는지 찾기 전에, 이대로 어디 수상쩍은 비밀 기관에 넘어가서 회칼로 점점이 떠질걸."

"만화 좀 그만 봐라."

지난밤 아이를 업어 올 때는 성가시다는 기색을 감추지 않았던 소년이었지만, 주워 온 아이의 몸이 보통 사람과 같지 않다는 걸 알게 되고서는 태도가 달라졌다. 자신이 알고 있던 세계와 무관한 존재, 상식을 교란시키는 피조물을 접한 소년의 마음은 뜻밖에도 평온하고 일상적이었다. 거기에 자신이 그런 존재를 구하는 데 일조했다는 사실은 어린 소년에게는 일종의 영예로 다가와 도취 비슷한 감각마저 전해 주었는데, 소년은 당시에는 그와 같은 감정에 어떤 이름을 붙여야 할지 몰랐다.

"아무튼 잠깐은 둬봐. 안 그래도 밖에 경찰들 깔리기 시작했는데 물고기 사람까지 나타났다가는 판이 커져서 감당 안 돼. 이게 태어날 때부터 물고기였다면 모를까, 물속에서 물고기가 되어가지고 나온 거면 어떡해. 그것도 아니면 만약 떠오른 시신과는 무관하게 그전부터 호수에서 살고 있던 거라면…… 솔직히 그런 가능성은 좀 없다. 아무튼 호수 바닥에 가라앉은 기형 유발 성분을 알아본답시고 어디서 떼로 조사단 나오지, 뭐 좀 이상한 찌꺼기라도 나오면 당장 이내 촌 전체를 족칠걸. 물에다가 뭐 집어넣었느냐고. 그럼 여기서 제일 오래 산 할아버지는 무조건 일착이야."

그러는 동안 아이는 한두 번 몸을 뒤척였지만 줄곧 잠에 빠져 있었다. 그 얼굴만 보면 간밤에 아무 일도 일어나지 않은 듯했지만, 일시적 환영이나 착각이기를 바랐던 상처는 그대로 남아 있어서 가끔씩 수분을 줄 때마다 가볍게 눈꺼풀을 깜박이듯 열리곤 했다. 그것만 아니면 그저 다섯 살쯤 먹은 보통 남자아이 같았다. 노인은 어떻게 해야 자신이 번거로운 일에 최소한으로 엮이면서 이 아이도 좋은 데로, 또는 저 가야 할 데로 보낼 수 있을지 갈피를 잡을 수 없었으며, 그런 현실적인 어려움에 신경 쓰느라 이 아이가 사람인지 물고기인지는 이제 별로 중요하지 않다고 느끼기에 이르렀다.

이내촌 주민들의 탄식과 한숨을 뒤로하고 집에 돌아온 소년은 이불이 비어 있자 움찔하며 기어이 영감태기가 물고기 아이를 어디다 보내버렸나 싶었지만, 곧 뒷마당에서 얇게 물장구치는 소리와 함께 명랑한 웃음소리가 들려와 아이가 깨어났다는 걸 알았다.

뒷마당이라고 부르기도 민망한 비좁은 수돗가에서 아이는 물이 가득 담긴 커다란 갈색 고무 대야에 들어앉아 있었으며, 노인은 그 앞에 작고 낮은 욕실 의자를 놓고 앉아 천진무구한 아이 웃음에 어색하게 대꾸해주고 있었다. 언제 저 체온과 고열을 오가면서 앓아누웠냐는 듯 물장난을 치는 아이를 보고 소년은 알아차렸다. 아이는 자기한테 무슨 일이 일어났는지 모를 뿐만 아니라 깨어나기 전의 일들이 고스란히 기억나지 않는 듯했다.

"얘 몇 살이래? 어디 살던 애래?"

아무런 기대 없이 묻자 예상대로 노인은 고개를 저었다. 이래서는 아이의 몸이 태어날 때부터 그러했는지 언제 무엇 때문에 이렇게 됐는지 알아낼 수 없을 터였다. 소년은 노인에게 밖에서 들은 정보를 요약해주었다. 그 핵심은 시체의 신원이 어느 비운의 가장이라는 거였으며 경찰들이 찾는 건 살아 있는 아이가 아닌 아이 시체라는 결론이었다. 이렇게 어수선한 때 정말로 시체와 관계가 있는지 알 수 없는 아이, 실종 신고가 들어간 이력은 있는지 그보다 먼저 출생 신고는 되었을지 알 수 없는 아이를, 그것도 원인 및 정체 불명의 상처가 나 있는 채로 내놓았다가는 어떤 일이 생길지 알 수 없었다.

적어도 아이의 기억이 돌아오거나 상처가 사라질 때까지만이라도 두고 보기로 두 사람은 합의했는데, 그렇게 이어지는 이야기를 아이는 알아듣는지 모르는 척하는지 전혀 개의치 않고 있었다.

"감기 걸린다, 아가. 이제 그만 나오자."

아이는 노인의 말에 대답하는 대신 물장구를 치며 고무 대야 안을 휘젓고 다녔다. 황어의 꼬리지느러미처럼 눈부신 속도로 움직이는 아이의 가는 다리와 조그만 발에 고무 대야 안은 턱없이 부족했다. 물기를 머금은 아이의 피부는 정오의 햇빛을 받아 곳곳이 불규칙하게 반짝거렸는데, 그건 훗날 이 아이가 제대로 된 비늘과 함께 철갑상어의 옆구리에 수놓인 금빛 바늘땀 같은 줄무늬를 갖게 되리라는 예고처럼 보이기도 했다.

3월 말에서 4월 초까지 대학교 엠티가 몰려 있어서 리버벨트는 여름휴가 때보다도 지금이 성수기였다. 커다란 브이자로 흐르는 유속이 조금 센 강을 앞에 두고 대형 방갈로들이 줄지어 늘어선 민박촌이었다.

신학기 특수라지만 이곳도 예전 같지 않아서, 오래된 방갈로들은 한 채씩 헐려나가고 빈터에 펜션이나 콘도미니엄 등이 들어서고 있었다. 지금의 청년들은 삶이 총체적으로 불편한 마당에 엠티를 와서까지 불편한 취식을 감내하고 싶어 하지 않으며, 조금 더 돈을 쓰더라도 깨끗한 신식 시설을 선호한다고 업계 관계자들은 알려주었다. 그런 의미에서 곤이 몸을 부치고 있는 민박집 사장에게는 한숨거리가 좀 더 쌓인 셈이었다.

곤이 일하는 곳은 20명 이상 대규모 인원을 한방에 수용할 수조차 없는 일반 가정집으로 현관과 담벼락에 아크릴판으로 민박집이라고 써 붙였을 뿐이어서, 단독주택으로는 결코 작은 편이 아니었지만 우뚝 솟은 방갈로 가운데에서는 더욱 눈에 띄지 않았다. 각 방마다 드라이어며 수건, 빗 따위의 소박한 어메니티를 구비하긴 했으나 시간이 발길질하고 지나간 흔적이 곳곳에 역력한 주택 건물에서, 주인 부부는 1층을 간이 슈퍼마켓으로 꾸미고 작은방을 거처로 썼으며 2~3층을 민박 용도로 비워놓고 그중 한 개를 곤이 쓰고 있었지만 나머지 다섯 개의 방이 다 차는 경우가 드물었다. 주로 20대 초반 학생들이 대규모로 찾아들어 고성방가와 만취 끝의 폭력을 통과의례인 양 일삼는 곳에 서너 명이 소규모로 놀러 오고 싶을 리가 없었고, 사랑이 막 싹트기 시작했거나 난관에 부딪힌 젊은 연인들이라면 더욱 그럴 터였다. 때문에 주인 부부의 수입은 거의 슈퍼에서 나왔는데 거기서 다루는 품목은 술, 담배, 물, 커피, 휴지와 라면을 비롯한 인스턴트식품 및 약간의 안줏거리 정도였고 그중에서도 술의 비율이 절대적이었다.

그런 일은 거의 없지만 어쩌다 성수기에 소규모 일행 여럿이 동시에 민박집을 찾아들어 방 다섯 개가 차더라도 주인 부부는 손님을 더 받기 위해 곤에게 나머지 한 방을 양보하고 슈퍼 창고에서 자라는 소리를 하는 대신 빈방 없다는 푯말을 내걸었다. 곤의 살림은 다해야 백팩 하나에 쓸어 담을 수 있을 만큼 단출했으나, 주인 부부는 그에게 공간 하나를 통으로 내주었다. 이곳에 흘러들어온 첫날을 제외하면 곤은 주인 부부에게 방값을 지불하지 않았고 주인 부부 역시, 슈퍼에 들어온 술 상자를 나르고 장부를 정리하며 취객을 상대하는 곤의 노동에 용돈 수준의 금전적 대가를 치르다 말다 했다. 주인 부부는 이 청년의 이름이 곤이라는 것 말고는 아무것도 묻지 않았고, 곤이 2년째 한곳에 머물며 떠나지 않을 수 있었던 까닭이 바로 그것이었다. 주인 부부는 무심한 듯하면서도 최소한 곤이 스스로를 쓸모없는 사람으로 느끼지 않을 만큼은 배려했다.

곤은 비좁은 카운터 뒤에서 손바닥만 한 스툴에 엉덩이를 걸치고 사흘 전 신문을 넘기고 있었다. 주인 부부가 다 읽은 신문이나 주간지를 슈퍼마켓 뒤쪽 재활용품 수거함에 넣어두면 곤이 그걸 집어다 뒤적거리곤 했다. 이제는 근처에 종이 신문 보는 집이 거의 없다 하여 직원이 여기까지 들어오기 어렵다는 말에 배달을 끊고, 주인이 시내 터미널까지 아침마다 나가서 사오는 것이었다. 가끔은 곤이 무면허 운전으로 사 갖고 오기도 했으나 그걸 먼저 펴보는 일은 없었다. 곤은 자신이 언제부터 시간의 흐름과 무관하게 살아왔는지를 헤아리지 않았다. 비좁은 세상을 포화 상태로 채우는 수많은 일들을 꼭 당일 속보로 알아야 할 필요가 없으며 시대에 뒤떨어진 인간이 되지 않기 위해 애쓸 필요 없고 속도를 내면화하여 자기가 곧 속도 그 자체가 되어야 할 이유도 없는, 아다지오와 같은 삶. 그 어떤 행동도 현재를 투영하거나 미래를 예측하지 않고 어떤 경우라도 과거가 반성의 대상이 되지 않으니 어느 순간에도 속하지 않는 삶이었다.

모두 어제가 되어 부질없어진 인물과 사건의 나열들. 현재까지 여파를 미치고는 있으며 사람들은 그것을 역사라 부르지만 누군가에게는 무의미한 흐름들. 그는 과거를 명시하는 글자들을 단지 무료함으로 죽지 않기 위해서만 내려다보았다. 그가 어제의 세계를 읽는 동안 실제 세계는 변화와 요동과 전복이 일어나고 있었지만 그는 무언가를 숨 가쁘게 따라잡는 삶과 거리가 멀었다. 고인 물이나 응결된 얼음만큼의 비중을 간직하며 급속 냉각되어 빙산에 갇힌 의식만을 유지하고 살아갈, 꼭 그만큼의 열량만 있으면 되는 나날들.

그러다 삶의 마지막 날이 온다면 필히 물속에서 죽으리라.

신문지를 다음 장으로 넘기기 위해 한 번 접어 겹치다가 곤은 카운터 앞에 30대 초중반으로 보이는 한 여성이 서서 500원짜리 동전 두 개를 내미는 모습을 보았다.

"못 들으셨구나. 커피 달라고 했거든요."

곤은 일어나 손님이 온 걸 모르고 세워둔 데 대해 고개를 한 번 꾸벅해 보이며 가스버너에 불을 붙였다. 아까 컵라면 손님들이 들러서 충분히 데워져 있던 물은 오래지 않아 만단설화를 꽃피우는 듯한 소리를 내며 끓어올랐다.

종이컵에 커피믹스 한 봉지를 털어 넣고 물을 부었다. 스틱으로 저어 커피 가루를 녹이며 곤은 긴장하기 시작했는데, 커피를 건네줄 때는 언제나 촉각을 곤두세우고 온몸에 느른하게 흩어져 있던 반사신경을 끌어모아야 하기 때문이다. 이 커피 한 잔으로 붙은 시비가 이루 말할 수 없었다. 비싸다 바가지다 투덜대는 일은 거의 매번 있었고, 가끔은 취객들이 종이컵에 물 부어주고 천 원이나 받아 처먹느냐고 곤의 얼굴에다 컵을 던져서 가벼운 화상을 입은 적도 여러 번이었다.

그러나 눈앞의 손님은 처음부터 카운터에 동전 두 개를 올려놓고 물끄러미 곤을 바라보며 말없이 기다리는 걸로 보아 안심해도 될 것 같았는데, 곤은 또 다른 이유로 조금 초조해졌다. 그는 커피를 타는 동안 손님의 시선이 줄곧 자기한테서 떠나지 않는 것을 옆얼굴로 알아차리면서, 상대의 눈빛에 담긴 의미가 호의인지 적대감인지 단순한 호기심인지 그것도 아니면 착시의 일종일 뿐인지를 판단하느라 느릿느릿 움직였다. 그러다 마침내 커피 물이 식어버리기 전에 작은 플라스틱 쟁반에 종이컵을 올려놓고 그녀에게 내밀었다.

"뜨겁습니다. 조심하세요."

그녀가 들어온 미닫이문은 반쯤 열린 채 3월 마지막 주의 밤바람을 맞이하고 있었다. 건너편 강가에서 버드나무 가지들이 제 몸을 서걱거리며 파고드는 바람을 흔들어 떨쳐내자 바람은 곧 더 앞쪽에 무리를 이룬 추수식물의 냄새를 실어 날라왔고, 그 냄새가 코끝에 실릴 때마다 곤은 바로 앞에 두고 사는 강물을 향한 그리움의 부피가 새삼스레 커지곤 했기에, 혼자 슈퍼를 보고 있을 적에는 꼭꼭 문을 닫아왔다.

손님이 어서 나가야 미닫이를 빈틈없이 닫을 텐데 그녀는 볼일을 마쳤음에도 바로 나갈 것 같지가 않았다. 참다못해 곤은 카운터 밖으로 나오며 물었다.

"안에서 드실 거면 문을 닫아도 될까요."

곤이 과자 무더기 앞에 놓인 간이의자를 가리키자 손님은 의아하다는 듯이 대답했다.

"추위를 많이 타시나 보다. 저는 그렇게까지 쌀쌀하지는 않은데요."

추위를 탄다니 어지간해선 있을 수 없는 일이었지만 곤은 그런 걸로 해두기로 했다.

"추워서도 그런데 오늘 같은 성수기에는 주위가 요란해 서요."

손님은 파란 플라스틱 의자에 앉아 그다지 마실 생각도 없는 듯 종이컵에 입을 대고 홀짝거렸다. 가게 구석방의 닫 힌 문 너머에서는 주인 부부가 텔레비전을 틀어놓은 듯 몇 몇이 떼를 지어 고함을 지르며 격투를 벌이는 조잡하고 둔 탁한 효과음이 들려왔고, 슈퍼마켓 밖에서는 만취한 대학생 네댓 명이 소리를 지르며 강물에 발목을 적시고 있었다.

"좋을 때다."

지나간 시절의 윤곽을 더듬는 듯한 손님의 혼잣말은 나지

막하고 분명했으므로 뭐라고 대꾸를 해줘야 할 것만 같았다.

"그런가요."

곤은 손님과 단둘이 좁은 공간에서 말을 섞게 된 데 대한 불편을 느끼며 말을 이었다.

"단지 저 나이를 두고 하시는 말씀이라면 저는 별로 좋아 보이지 않아요. 저러다가 다들 울거나 언성이 높아지다가 결국 주먹이 나가고 마지막에는 너 나 할 것 없이 강에다 토하거든요."

"가까이서 저런 걸 늘 보시는 분은 불쾌하긴 하겠어요. 결국 치우는 사람 따로 있고, 번거롭고 더럽고."

바라보는 풍경이 서로 같지 않다는 데 동의하며 손님은 미소 지었다.

"더러운 것보다도 슬퍼 보여서요."

손님은 고개를 기우뚱해 보였다.

"네? 정말로 슬프거나 최악의 상황에 놓여 더 이상 아무것도 지킬 것도 버릴 것도 없는 사람은 저렇게 술에 취해 소리칠 기운도 없을걸요. 제 눈에는 약간 불행을 전시하는 걸로 비치기도 해요."

곤은 고개를 저었다.

"제가 슬프다고 한 건, 저렇게 천편일률적인 방식으로 고통을 드러낼 수밖에 없을 만큼 사람들마다 삶의 무게가 비슷하구나 싶어서입니다."

"그건 그러네요."

손님은 더 이상 말이 없었다. 곤은 자기가 한 말이 뜻하지 않게 그녀가 개인적으로 달래고 있을지 모를 환부를 성급히 일반화하거나 폄하하는 것으로 들렸을 법도 하겠다고 생각했지만 정정도 부연도 하지 않았다. 그녀는 얄팍하고 질 나쁜 종이컵의 접착 이음매에서 다 식은 커피가 새어 나오기 직전까지 만지작거리기만 했는데 그 모습은 뭔가 시간을 끄는 것처럼 보였다. 이윽고 그녀는 종이컵의 내용물을 한 번에 마셔버리고 일어났다.

"혹시 방 남은 거 있나요."

곤은 그녀의 말을 듣고서도 한참을 이해하지 못하다가, 그녀 발치에 세워진 여행용 가방이 비로소 눈에 띄었다. 그러고서도 그녀 얼굴에 괜히 얘기를 꺼냈나 싶은 표정이 스쳐갈 때쯤 되어서야 자기가 머무는 이곳이 슈퍼와 민박집을 겸하는 곳이라는 사실을 깨달았다. 오랫동안 방에 든 손님이 없어서 잊고 있었다.

"어, 네, 있지만."

"그럼 묵을게요."

곤은 간만의 숙박 손님을 놓치지 않으려고 서둘러 숙박계를 찾느라 서랍을 뒤졌다. 장부라고 해보았자 제본이 떨어져가는 스프링 노트 한 권, 그나마도 쓸 일이 드물어 어디다 처박아두었는지 카운터 뒤에서 한참을 부스럭거렸고, 막상 발견하여 꺼냈을 때는 두껍게 앉은 먼지 때문에 표지에 뭐라고 적었는지 읽기도 힘들었다.

"죄송합니다. 숙박 손님은 오랜만이어서."

곤은 노트를 뒤적여 새 면을 펼치고 날짜를 적으면서, 방에 있는 주인이 나와 이 장면을 못 본 걸 다행으로 여겼다. 손님이 오랜만에 온다는 말은 금물이다. 곧 죽어도 잘나가는 민박집처럼 보여야 하고, 방이 다 찼는데 당신이 운 좋게 마지막이라는 식으로 허세를 부릴 줄 알아야 한다. 아무리 간신히 쓰러지지 않고 버티어 선 노구를 닮은 슈퍼마켓 구석방이라도. 곤은 좀체 거짓말을 할 줄 몰랐으며 그녀를 배려한다고 한마디 보태기까지 했다.

"그런데 괜찮으실까요. 편히 쉬러 오신 것 같은데 주위가 저렇게 소란스러워서야."

강가에서는 이제 막 시비가 붙어 싸움이 벌어지기 시작했는데 그런 일은 술자리의 흔한 수순인 데다 함께 마신 이들의 수가 많을수록 규모도 컸다. 그다음은 서로의 멱살을 잡고 강물에 넘어진 다음 토악질을 해댈 것이며 영문 모르는 물고기들은 그것이 먹이인 줄 알고 주둥이를 빠끔거릴 것이다. 얼마나 섬세하고 신경질적인 성격인가에 따라 다르겠지만, 젊은 여성 혼자 을씨년스러운 민박집 방에 들어 그 소리를 견디기는 쉽지 않을 터였다.

"상관없어요."

곤의 걱정이 무안해질 만큼 그녀는 흔쾌히 고개를 끄덕이고 볼펜으로 꾹꾹 눌러 이름과 연락처를 적은 노트를 내밀었다. 곤은 그녀 이름이 잘 보이도록 볼펜 찌꺼기를 손가락으로 닦아냈다.

그때 안쪽 방에서 나온 주인이 헛기침하며 진열된 과자 봉지 사이로 걸어오는 걸 보고, 곤은 간만의 손님을 놓치지 않았음을 드러내기 위해 일부러 목소리를 높여 말했다.

"됐습니다, 양해류 님 방으로 안내해드릴게요. 저 따라오세요."

곤은 그녀의 가방을 들고 슈퍼마켓을 나와 건물 외벽을

둘러싼 계단을 밟아 앞장섰다.

"난간 꼭 잡으세요."

다공질의 시멘트로 대충 빚어 만든 계단은 비좁고 위험천
만했으며 그 존재 자체만으로도 건축법에 저촉되는 것처럼
보였다. 그녀는 철제 난간을 잡고 운신의 폭을 최소한으로
하며 곤을 따라 걸어 올라가다가 얼마 되지 않아 난간을 놓
아버렸는데도 손바닥은 이미 붉은 녹투성이였다.

곤은 해류를 문간에 세워놓고 방 안의 형광등을 밝혔다.
갖고 올라간 손걸레로 바닥에 앉은 뽀얀 먼지를 닦기 시작
하자 해류는 손을 내저었다.

"그만두세요. 먼지 좀 있어도 괜찮아요."

"쓴 지 오래돼서 그래요. 이런 방에 그냥 드시면 기관지
나빠져요."

할 수 없이 해류는 문간에 기대서서 방을 훔치는 곤의 등
을 내려다보았다. 그 시선이 다소 오래도록 머물러 있는 것
을 곤은 눈치챌 수 있었다.

"이불은 압축 팩에 보관해둔 거니까 안심하고 바로 쓰셔
도 되고요. 욕실 장에 새 수건과 휴지가 있어요. 저기 구석에
전기 주전자는 열선 색이 변해서 쓰기가 좀 그러니까요, 컵

라면이나 커피 드실 때 뜨거운 물 필요하시면 슈퍼에 와서 말씀하세요. 알루미늄 냄비하고 가스버너 빌려드릴게요."

"네. 고맙습니다. 하지만 별로 필요하진 않아요."

곤은 압축 팩을 열어 담요와 이불을 꺼내서 바닥에 펼쳐 놓은 뒤 그녀에게 열쇠를 건네곤 나왔다. 방문을 닫자 등 뒤에서 딸깍, 손잡이 단추를 눌러 잠그는 소리가 났다. 어째서 그녀가 슈퍼에서부터 자신을 필요 이상으로 바라보고 있었는지, 단지 방을 구할 기회를 엿보기 위해 그랬는지 곤은 궁금했다. 자의식 때문이 아니라, 곤은 타인의 시선을 오래 견디지 못했다. 이미 그때로부터 세월이 충분히 흘렀고, 할 수 있는 만큼 자신의 자리를 옮겨 다녔으며 이제 와 새삼스레 누군가가 뒤를 밟아올 것 같지는 않았으나, 그날 이후로 누구든 자신을 유심히 들여다보는 눈길은 언제나 일종의 질문 내지는 추궁 같았고, 자신의 손끝으로 부순 시간들을 떠올리게 하는 창문 같았다.

하지만 안쪽에서 그대로 문을 잠근 걸 보면 별일 아니거나 자신의 지나친 생각일 터였다. 곤은 어깨를 한 번 으쓱하고 아래층으로 내려왔다.

슈퍼 카운터에 앉아 장부를 뒤적이던 주인은 곤이 들어오는 걸 보고 몸을 일으켰다.

"골치 아픈 일이 없었으면 좋겠구나."

곤은 무슨 뜻인지 모르겠어서 고개를 기우뚱했다.

"솔직히 여기가 비즈니스맨이 출장차 들를 곳은 아니고, 뭐 물이나 나무는 좋지, 가끔 사진 동호회 친구들이 출사 나오고 그러지. 그래도 보통은 대학생 아이들 술 마시고 난장 피우는 게 주요 목적인 데로, 이 밤중에 서른네 살 먹은 여자가 혼자서 왔다. 있는 대로 수척한 얼굴 해가지고는, 선발대라거나 뒤에 일행이 마저 올 거라든지 그런 얘기도 없이 혼자. 무슨 얘기인지 알겠니?"

곤은 대답 대신 슈퍼 창문 너머 멀찍이 내다보이는 강물에 정강이까지 담그고 허우적거리다 친구들과 한 덩어리가되어 소리를 지르는 대학생들한테로 눈을 돌렸다.

"혼자 온 여자. 둘이 온 여자. 둘이 온 남녀. 이 셋 중에 어느 쪽이 강물에 몸을 던질 확률이 가장 높을 것 같냐. 지나친 생각일지 모르지만 주위에 취재할 만한 위락 시설이나 맛집이라곤 쥐똥만큼도 없는 강가에 여자가 혼자 왔을 때는 이유가 있게 마련이고, 대개는 좋지 않은 이유일 때가 더 많지. 차라리 팔짱 끼고 온 남녀가, 비록 불륜 관계인 티가 훤히 나더라도 그쪽이 덜 걱정된다. 수시로 살펴봐라. 그래봤자 보통은 하룻밤 안에 결판이 나지만."

곤은 여성을 한 번도 사귀어본 적이 없었고, 여성이 어느 날 갑자기 머리카락을 자른다거나 혼자서 여행을 떠나는 상투적인 행위에 농축된 보편적 의도를 파악하는 데 익숙하지 않았다. 그러나 정말 강에 뛰어들 사람 같으면 이런 성수기의 소란한 캠프촌이 아니라 고요와 침묵으로 빚어진, 흘러가는 시간의 공평하고 차가운 숨결 외에 다른 것은 존재하지 않는 장소를 선택하리라는 막연한 짐작만은 있었다. 이렇게 주변에 손님이 많은 데서 강에 몸을 던진다면 누군가가 자기를 말려주거나 건져주기를 기대하는 마음이 없지 않을 듯싶고, 간혹 물 밖 상황과 타이밍이 잘 맞지 않기라도 하면 애꿎은 사고사로 이어질 수는 있겠으나, 삶으로부터 철저히 유리되기를 시도하기엔 여건이 맞지 않았다.

게다가 이름이란 게 성격을 넘어 그 사람의 인생을 압축 및 지배하는 주문이 된다는 미신적 사고에 비추어보면 그녀의 이름은 결코 물에서 죽을 사람 같지 않았다. 한자리에 머무는 법 없는 바다의 흐름. 팽창하여 넘실거리는 물결의 긴장. 파도의 애무. 하백의 입김. 그 밖에도 그 이름은 서로를 향해 몸을 부대끼다 부서지는 물방울의 내밀한 언어를 떠올리게 했으며, 그토록 낭만적인 이름을 지닌 사람이 하필이면 그 이름의 뜻을 담은 물에 스스로를 포기할 리 없었다.

그러나 강가에서 사람이 죽는 방법이 꼭 물에 뛰어드는 것만 있지는 않다는 데에 생각이 미치자, 곤은 괜한 소리로 겁주지 마시라고 투덜대면서도 정말로 그녀를 살펴봐야만 할 것 같았다. 그녀의 발걸음이 어딘가 위태로워 보이진 않았는지.

좋을 때다…… 불행을 전시하는…….

말투는 심상했는지, 표정에는 파괴된 몽유와 회한의 흔적이 묻어 있지나 않았는지, 곤은 가게에서의 모습을 되짚어보았다.

그리고 숙박계에 적힌 해류의 휴대전화번호를 손가락으로 짚었다.

"죄송합니다 손님, 1층 가게입니다. 주무시는 걸 깨운 게 아닌지…… 예, 그 방 베개 바꾸는 걸 깜박 잊었습니다. 실례가 안 된다면 지금 가지고 올라가도 될까 해서요. 예…… 금방 가겠습니다."

곤은 다른 방 옷장에서 꺼낸 베개를 들고 그녀의 방문을 두드렸다. 문을 열었을 때 그녀는 아직 잘 준비를 하지는 않은 듯, 화장도 지우지 않았고 어깨너머로 보이는 가방도 그대로 닫힌 채였으며 다만 노트북 한 대가 바닥에 펼쳐져 있었다. 그럼 그렇지, 아마도 조용히 글을 쓰러 온 사람일 것이다.

"이건가요?"

그녀가 손을 내밀자 곤은 베개를 건네며, 손님의 방 풍경을 건너다본 게 무례하다는 데 생각이 미쳤다.

"늦은 시간에 죄송합니다, 쉬셔야 하는데."

그러고 보니 벽시계는 오전 2시를 향해 가고 있었다. 머뭇거리면서도 곤은 의아한 표정의 해류에게 끝까지 말했다.

"정말로, 저 아래층 가게에 계속 있으니까요."

"네?"

"시간 상관하지 마시고 필요하신 거 있으시면 아무 때나 내려와서 말씀해주세요."

수상쩍은 놈처럼 보일 것이다. 여성이 혼자 밤늦게 왔다고 가벼이 여겨 주제도 모르고 작업을 거는 걸로 보일 법도 한 상황이었다. 그러나 그런 오해를 받더라도 혹시 있을지 모를 누군가의 감정적 표류를 잦아들게 할 수 있다면, 그보다 더 괜찮은 일은 없을 터였다.

해류는 다행히 미심쩍다는 눈초리로 흘기며 눈앞에서 방문을 닫아버리는 대신 의연하고도 명랑한 미소를 건넸다.

"그럴게요. 고마워요."

주인 내외의 가겟방 불이 꺼지고 텔레비전 소리도 더 이상 들려오지 않았다. 강물에 서로를 밀어 넣고 소란을 피우던 무리도 다들 방갈로로 돌아갔는지 사방은 적요가 흘렀다. 곤은 카운터의 스툴에 앉아 혹시라도 그녀가 요청할지 모르는 칫솔 치약 따위를—궁극적으로는 모종의 구조 요청을 기다리다가 벽에 머리를 기대고 어느덧 잠들어버렸다.

강 한가운데 솟은 바위산 틈마다 다보록이 걸린 나무들의 색깔은 보잇한 새벽 물안개 너머로도 선명히 드러났다. 방갈로 주위에서는 학생 몇몇이 눈꺼풀에 숙취가 그대로 달라붙은 채 건조된 즉석 식재료가 담긴 코펠을 들고 오갔다. 조금 전까지 곤이 지나가며 일으켰던 자디잔 물방울들은 어느새 강물의 흐름과 하나로 녹아들어 청련한 수면이 막 고개 내미는 햇빛과 닿아 있었다. 곤은 저온과 압력에 웬만큼 단련된 자기 피부로 느끼기에도 그다지 아늑하지 않을 만큼 물살이 거세지는 데까지 멀리 헤엄쳐 갔다 돌아오는 길이었다. 곤이 강 속에서 몸을 솟구어 나오자 지나가던 학생들이 의심스러운 눈으로 힐끔거렸다. 누군가는 괜찮으세요, 묻기도 했다. 강에서 이 이른 시간에, 보통 사람에게는 아직 뼈마디가 쥐어짜이도록 차가운 초봄의 수온에 셔츠와 청바지를 입고 수영한다는 것은 개인의 자유지만, 간밤의 취기와 만용에서 헤어 나오기 시작하는 무리의 눈에는 좀 심한 뒷북으로 보일 터였다. 사람들이 전날 오랜 음주로 설마 이 시간에 일어날까 싶었는데 실수였다. 눈에 띄는 행동이었다. 너무 멀리까지 다녀와서는 안 되는 거였다. 괜찮습니다, 손을 내저으며 웃음으로 때우자 다행히 사람들은 더 이상 주목하지 않고 아침들을 지으러 갔다.

가게 미닫이에 손대려는데 안쪽에서 문이 열리며 해류의 얼굴이 불쑥 튀어나오자 곤은 자기도 모르게 외마디소리를 지르면서 뒤로 넘어졌다. 그 바람에 모래투성이가 된 곤을 해류는 미안하다는 듯이 내려다보았다.

"문이 열려 있어서요. 아무도 안 계신 것 같아 그만 나가려던 참인데."

"네, 신경 쓰지 마세요."

곤은 일어나 손에 붙은 모래를 털며 물었다.

"필요한 거 있으세요?"

혹시나 간밤 먼 데로 떠내려갔을지 모를 신발이나 옷 조각 내지는 신체 조직의 일부가 눈에 띌까 살펴보러 강에 들어갔다는 말은 할 수 없었다. 그러나 그녀는 물에 흠뻑 젖은 옷을 입고 나타난 곤에 대해 어떤 의혹이나 궁금증도 보이지 않았다.

"뭐 사려는 건 아니고요. 시간 괜찮으시면 이 주변 안내를 좀 부탁드려도 될까 했어요. 실은 며칠 묵을 거거든요. 그런데 바쁘시다면."

"전혀요."

곤은 그녀가 간밤에 아무 일도 없었을 뿐 아니라 지금 강에 뛰어들 생각이 없다는 사실을 확인한 것만으로도 고마워서 주위에 방갈로 말곤 안내할 만한 아무런 구조물도 없다는 걸 잊고 대답했다. 엠티 시즌에 한창 가게에 입고될 맥주 상자의 무게가 조금 마음에 걸리긴 했지만, 며칠 묵어갈 손님을 모시는 일이라면 주인 부부도 곤이 자리를 비우는 데 신경 쓰지 않을 터였다.

당연히 곤은 혼자 온 여자 손님을 어디로 어떻게 안내해야 할지 몰랐고 해류도 무엇을 보고 싶다거나 어디를 가겠다는 최소한의 요구 사항조차 없어서, 자연히 안내는 그저 강줄기를 따라 나란히 걷는 산책에 불과해졌다.

성별과 인원 무관하게 곤은 사람을 대하는 일, 특히 단순 과정의 반복 훈련으로 습득 가능한 격식과 절차보다 즉흥적 판단과 선험적 사교성을 필요로 하는 일 자체가 익숙지 않았다. 주인 부부와 뜨내기손님 외에 그가 만나는 사람이라곤 성수기는 2~3일에 한 번, 비수기는 일주일에 한 번꼴로 트럭을 몰고 찾아오는 도매업자뿐이었는데, 사람을 만난다는 것이 장부와 물건의 개수를 맞춰보고 도장을 찍는 일 외에 적어도 눈을 마주치고 맥락 없는 대화를 나누는 행위를 포함한다면, 진정한 의미로 사람을 만나는 일은 없었다.

그런 곤이었지만 티브이에서 띄엄띄엄 본 장면을 바탕으로 짐짓 충실한 직원 행세를 하며 고객의 원하는 바를 먼저 묻기는 했다. 어떤 곳에 가보려고 하시나요? 혹시 분위기 있는 카페를 찾는 건 아니세요? 제 입으로 말씀드리기도 민망하지만 보시다시피 여기가 강물 말고는 볼거리가 딱히 없어서요. 그나마 이 강물조차, 주위 나무나 풀들 보세요, '볼만

하다'는 뜻에서의 볼거리가 아니지요. 풍성하지만 제멋대로 뻗어 정돈된 느낌 없이 시야에 쏟아져 들어올 뿐이니 경관이라기보다는 자연의 위압 내지는 맹목에 가깝기도 하지요. 아, 그렇다고 해서 제가 이 강을 싫어하지는 않아요. 오히려 가게가 강을 바로 앞에 두고 있어서 운이 좋은걸요. 정돈되지 않은 숲은 보잘것없지만 인공적이지 않아서 좋고요. 흘러가는 강은 어떤 사진이나 그림에도 담아 가둘 수 없고, 강줄기를 따라 우거진 수풀 또한 그렇지요. 그게 사람들이 강으로 오는 이유 같습니다. 거기까지 말하고 정신 차려보니 곤은 별 볼일 없는 동네인 만큼 자신이 굳이 그녀를 데리고 돌아다닐 생각이 없다는 뜻으로 상대방이 받아들일 수도 있겠다 싶었는데 해류는 선선히 고개를 끄덕인 것이었다.

그럼 강을 보고 싶어요.

그렇게 해서 나오기는 했는데 곤에게 이 경우는 이것대로 난감했다. 어린 학생들의 현장 학습 생태 기록 목적이 아니고서야 강을 안내해달라는 사람이 세상에 어디 있지? 곤은 문득 자신이 강 주위에 널린 습지식물들의 이름을 잘 알지 못하는 데다 강물에서 자주 만나는 물고기들의 이름도 알려 하지 않았다는 사실을 깨달았고, 그녀에게 말해줄 만한 가

이드다운 무엇이 정말로 하나도 없음에 당황했다. 사실 그들에게 붙은, 언제 바뀌어도 이상하지 않은 임의의 이름 같은 게 중요하다고 생각해본 적이 없었다. 그들은 모두 살아 있었고, 살아 있는 건 언제 어디서라도 그걸 부르는 자에 의해 다른 이름을 가질 수 있었으며, 곤에게 의미 있는 건 그것을 뭐라고 부르는지가 아니라 그것이 얼마나 오래도록 또는 눈부시게 살아 숨 쉬는지였다.

그리하여 곤은 강을 따라 걷는 동안 자기가 아는 걸 이야기하기 시작했다. 테트라포드 사이에 상반신이 끼인 채 식어 있던 취객. 수중보(水中洑) 아래에서 휘몰아치는 순환류의 역회전. 강풍에 무너진 나무줄기가 만드는 스트레이너와, 그 속에서 발생하는 유속과 무관한 거대한 수압에 대하여. 나선형 물살이 강 언덕으로 밀어 올리는, 버려진 낚싯바늘을 비롯한 각종 위협적인 부유물들. 몇 년에 한 번 꼴로 한두 구씩 절망의 무늬를 그리듯 수면에 떠오르곤 하는 사람들. 어느 하나 위험하지 않은 구석 없이 그 자체로 거대한 흡반과도 같이 악착스러운 동물성을 지닌 강물에 대하여. 해류는 곤의 말을 듣는 동안 간간이 멈춰 서서 양손의 엄지와 검지로 직사각형을 만들더니 허공에 대고 뭔가 구도를 맞추어

보는 시늉을 냈는데, 실제로 사진을 찍는 것도 아니고 왜 그러고 있는지 곤은 알 수 없었다.

"다시 숙소로 돌아가셔서 카메라 갖고 오셔도 돼요. 그렇게 멀리까지 나오지 않았어요."

"찍을 거 없어요."

해류가 웃기 시작했다.

"제가 너무 무서운 얘기만 해드려서……."

"알아두어 나쁠 게 없으니 고맙기는 하지만, 어째서 그런 이야기만 하시죠? 혹시 제가 강에 뛰어들러 왔나 보다 생각하시나요."

"아니, 그럴 리가요. 재미없으셨죠, 죄송합니다."

해류가 정곡을 찌르자 곤은 눈에 띄게 당황해서 자기도 모르게 몇 발짝 앞서 걸어갔다. 정말이지 곤도 그런 불행한 사례 중심으로 나열하고 싶지는 않았다. 이름은 알지 못하지만 살랑이는 물풀에 걸려 가동거리는 자디잔 은빛 물고기의 꼬리지느러미가 얼마나 가냘픈지, 바위 뒤 그늘진 곳에 누군가가 산란해놓은 구슬 같은 젖빛 알 무더기는 얼마나 부서질 듯 위태로워 보이면서도 굴절된 빛을 받아 반짝거리는지, 물고기들의 비늘은 바라보는 각도와 방향에 따라

색이 어떻게 달라지는지, 또 어떤 물고기는 만져보면 얼마나 촉촉하고 부드러우며 점착성마저 있어서 손대는 순간 그대로 빨려들어 하나가 될 것만 같은지, 무엇보다도 말이 통하지 않는 물고기들과 자신이 서로의 살 한번 닿기만 하면 얼마나 오묘한 직감으로 영력 내지는 신앙에 가까운 몸짓의 대화를 나눌 수 있는지. 그러나 그 모든 이야기를 하려면 해류를 강 속으로 끌고 들어가야만 가능했다.

"아뇨. 결코 재미로 들을 이야기가 아니잖아요. 실용적인 이야기 좋아해요."

해류가 뒤따라오며 그렇게 말하자 곤은 정말로 그녀를 데리고 들어가 물속을 구경시켜주는 게 나을지 모른다는 충동이 솟아올랐다. 남루한 엠티촌에서 솔직하고 무구한 장삿속으로 늘어서 있는 방갈로의 행렬보다 아름다움으로 넘치는 유동성의 세계. 기슭에 닿아 부서지는 물거품을 밟고 깊이 들어갈수록 드러나는 징청과 피안의 세계를. 그러나 아무런 보호 장구 없는 보통 사람을 물속에 끌고 들어간다는 건 안 될 말이었다.

"그래도 걱정 마세요. 저는 정말로 그러려고 여기 온 게 아니니까요. 일부러 발품을 들여가면서 자기 죽을 장소를 물색하는 게 자신의 생에 마지막으로 건네는 선물인 사람도 있겠지만, 저는 만약 그럴 작정이었으면 여기까지 오지도 않았을 거예요. 그런데 제가 그렇게 암울해 보였나요?"

그럴 리 없었다. 처음부터 해류에게서는 삶의 끝자락을 놓으려는 사람 특유의 그늘이나, 늪과 같은 망각과 침잠을 열망하는 깊고 어두운 냄새를 감지할 수 없었다. 간밤 좁은 가게 안에서 볼 때는 몰랐지만 그녀의 몸짓은 지나치게 크지 않아서 자신의 성격이나 본심을 덮어보려는 강박관념 따위 없어 보였고, 그렇다고 동작이 아주 없지도 않아 보편적 삶에 꼭 들어맞는 적당한 운동성을 띠고 있었다. 단지 동행한 사람의 수만으로 상황을 파악하는 주인의 말은 귀담아듣지 말 걸 그랬다.

"혼자서 짧은 여행 자주 다니거든요. 여행이라고 할 것도 없이 가방도 단출하고 가는 곳도 거기서 거기, 사람들이 흔히 추천하는 코스로는 다녀본 적 없지만요. 그래서 제 가방에는 카메라가 없어요. 경치를 찍을 일이 없으니까요. 반드시 떼로 몰려다니며 유명한 휴양지를 미션 수행하듯이 들러서 사냥하듯 사진을 찍고 그 시간과 공간을 프레임 안에 박제하는 것만이 여행인 건 아니니까요."

만일 해류가 혼자가 아닌 둘이나 그 이상이었다면, 여자
가 아닌 남자였다면 좀 덜 불안했으리라는 주인과 곤의 편
견을 지적하는 듯한 말이었다. 그러나 사진기가 없다면 그
녀는 어째서 가끔가다 팔을 허공에 뻗어 손가락으로 프레임
을 만드는 건지 모를 일이었다. 무엇을 찍고 싶은 걸까? 그
게 아니면 무엇을 찍고 싶은데 닿기 어려운 곳에 있을지도
모른다.

"하지만 이번에는 적어도 목적이 있어요."

어떤 종류라도 도무지 목적이라는 낱말과는 인연이 없어
보이는 이 평범한 강마을에 말이지. 곤은 해류가 따라잡을
수 있도록 발걸음을 조금 천천히 했다. 호수에 그려진 파문
처럼 곤의 마음속에 느릿한 일렁임이 솟아오르다 경사가 급
한 계곡물이 흐르듯 좀 더 빠르게 수런거렸다.

"찾는 사람이 있어요."

바람이 강하게 불었다. 곤의 머리카락이 바람을 타고 휘날
리며 내내 덮고 있던 목덜미가 드러났다. 곤은 뒤에 해류가
따라온다는 생각에 머리카락을 끌어당겨 귀 뒤를 덮으려 했
으나 이미 해류의 손이 그의 손목을 단단히 붙들고 있었다.

"감추지 마요."

곤은 뒤돌아서서 물빛으로 질린 얼굴을 숨기지도 못한 채 손목을 잡아 뽑을 생각도 하지 못하고 있었다.

"해류 씨는…… 누구세요? 누구신데 어떻게 저를."

곤은 가슴이 뛰었다. 얄팍한 살얼음이지만 누군가 거기에 흙발로 쳐들어오지만 않으면 충분히 평화로웠을 일상에 가차 없이 금이 가는 소리가 들렸다. 그녀가 누구든 간에 찾는 대상이 자신이라는 사실은 분명해졌다. 혐오감과 시각적 충격은 순간에 불과하며 그 이상 누구에게도 피해를 주지 않는데도 곤이 본능적으로 숨기고 싶어 하는 상처에 대해 알고 있는 사람.

해류는 손을 놓아주고 뭐라 말을 이을지 망설이는 듯 입 모양을 바꿔가며 머뭇거리다 결국 한마디, 이렇게 불렀다.

"곤."

다음에 이어질 말이 뭐가 되었든 곤은 그녀가 자신의 이름을 안다는 사실만으로도 이미 온몸 구석구석 눈에 띄지 않게 숨어 있던 지느러미가 소스라쳐서 일어날 것만 같았으며, 이대로 강에 뛰어들어 그녀 손이 닿을 수 없는 어딘가로 헤엄쳐 가고 싶었다. 갑작스러운 전율을 익숙한 감각으로 중화하는 데에 강물만큼 좋은 곳은 없었다.

"나는 말이죠. 당신의 등하고 허리에 불규칙하게 돋아난 비늘이 사문암 같은 무늬를 그리고 있다는 걸 알아요. 흰빛과 연보랏빛이 섞여서 얼마나 신비하고 예쁘게 빛나는지, 보지 않았어도 알아요."

"무슨 말씀이신지."

해류의 눈길을 외면하고 딴소리를 하면서도 곤은 이미 목소리가 떨리고 있었다.

"마치 어제 본 것처럼 생생하게 들려준 사람이 있었거든요."

"뭔가 착각하고 계세요. 이만 들어가죠."

곤이 머리카락을 추스르고 몸을 돌리는데 해류는 다시 붙들었다.

"착각 아니에요. 또 다른 이유로도 나는 당신을 알고, 당신도 날 만난 적이 있어서 되도록 기억해주기를 바랐지만, 지금 그런 건 중요하지 않아요."

그녀는 다음 말을 이을 때 결코 깨뜨려선 안 되는 알을 품었다가 부화할 때가 지나 어쩔 수 없이 떠나보내는 새처럼, 소중하고 찬란하여 차마 입 밖으로 발설함으로써 훼손할 수 없는 이름이라는 듯이 주의 깊게 숨을 고르고 나서야 이렇게 천천히 떼어 물었다.

"강하를, 알지요?"

그는 곤을 '고기새끼'라고 불렀다. 어쩌다 기분이 좋을 때
나 '금붕어'였는데 그럴 때는 부르는 일 자체가 별로 없었다.
곤은 이틀 걸러 한 번씩 밟혀 도마 위 활어처럼 퍼덕거리고
수시로 지느러미가 찢기며 비늘이 떨어져 나가면서도 그가
이름을 불러주기만 하면 그에게로 가서 미늘에 걸려 빠져나
오지 못하는 한 마리 금붕어가 되었고 그의 비위를 건드리
지 않는 일이 하루의 가장 중요한 과제인 날도 있었다.

곤은 자기 이름이 언제부터 그렇게 불렸으며 무슨 뜻인지
를 몰랐으나 노인이 그렇게 부르기에 그런가 보다 했으며
그것이 자기에게 새로 주어진 이름이라는 최소한의 자각마
저 없었다. 그건 지난 기억의 소실점을 결국 찾지 못해서가

아니라 노인이 자신을 부르기보다 더 빈번하게, 강하가 입만 열면 고기새끼를 시작으로 트집을 잡기 때문이었다.

일흔이 넘어 청진기로 심장 소리를 듣는 일이 가능할지 의심스러워 보이는 의사가 곧을 진찰했다. 이내촌에서 가까운 유일한 병원이자 가난한 사람들에게 진료비 외상도 종종 해주는 곳으로 어느 특정한 과를 나타내지 않고 '진료소' 간판이 걸려 있었다. 고혈압에 관절염으로 정기적인 약 처방을 받아야 하는 노인이 꾸준히 다니는 곳이었다.

"네댓 살쯤 먹은 거 같고. 심장 소리 대체로 정상이네. 숨소리가 바람이 숭숭 빠지는 것 같은 잡음이 불규칙하게 들리긴 하는데 아마……."

의사는 아이 귀 뒤에 난 상처 같은 아가미를 만져보았다.

"이것 때문이겠지 싶은데."

의사가 진단을 내리자 노인은 더 이상의 추측도 의심도 없이 굳건하게 고개를 끄덕였다. 의사가 아이의 목을 누른 두 개의 손가락을 조금 더 벌려 아가미 안을 살펴보려고 시도하자 아이는 아파서인지 기분이 나빠서인지 도지개를 틀며 그의 손을 뿌리쳤다.

"아가, 가만있어보자. 어디 다쳤는지 봐야지."

그러자 아이는 자음과 모음이 기준 없이 뒤섞인 국적 불명의 말로 소리치며 의사 손에 몸을 맡기지 않으려고 몸부림쳤는데, 그 말은 어떤 특정한 나라의 구어가 아니라 유아기의 옹알이에 가깝게 들렸으며, 몸속 어딘가에 열두 개의 현으로 이루어진 악기라도 감추어진 듯한 물리적 울림마저 있었다.

아이가 날뛰지 못하게 붙드는 강하에게 의사가 손사래쳤다.

"놔둬라. 더 이상 안 봐도 될 것 같으니까. 아이는 건강하고 문제없고, 열도 안 나고 기침도 출혈도 없고. 됐다. 말은 점점 하게 되겠지. 머리가 부딪쳤다거나 충격을 받으면 한동안 이런 식으로 뜻 모를 말을 할 수도 있지."

"아 진짜, 그럼 이 구멍 난 건 어떻게 하라고, 납으로 때워요? 아니면 실로 꿰매나?"

강하는 평소 집에서 노인에게 하던 대로 의사 앞에서도 입이 거칠기가 사복개천이었지만 그런 태도에 익숙한 의사는 혀를 한 번 차기만 했다.

"그걸 좀 자세히 봐야 상태를 알겠지만 아이가 불안해하는데 어쩌겠니. 지금 신체 반응으로 봐서는 이런 게 있다고 해서 당장 죽을 것 같지 않으니까. 사람이 건강하게 잘 사는데 목에 구멍이 뚫렸건 머리에 땜통이 났건 무슨 상관이냐. 미관상 안 좋아서 그렇지."

"그럼 이대로 둬요?"

"나중에 자기가 말할 줄 알면 의사 표시를 하겠지. 몸 어디가 불편하다든가. 그때 가서 정밀 검사를 해도 늦지 않아. 그때 되면 여기로는 오지 마라. 여기서 어떻게 알아볼 수 있는 수준이 아닌 거 같다."

"이거 정말 아가미 아니에요? 물고기 말이에요, 물고기."

"그러니까 나한테 묻지 말래도. 정 알아보고 싶으면 지금도 안 늦었으니까 그 아이를……."

오랫동안 이내촌 가까이에서 한자리를 지켜온 노의사는 처음 아이를 보았을 때부터도 어디서 온 누구의 아이인지를 묻지 않았을뿐더러 건강보험 수급자인지를 알아보기 위한 접수 기록조차 받지 않고 청진기부터 들이댔을 만큼 이내촌 사람들을 둘러싼 안팎 환경에 이해가 빨랐다. 그렇다고 하여 전적으로 이내촌 사람들의 편이 되어주지는 않았고 철저한 중립을 유지하는 사람이었다.

"화농성 상처도 아니고 별문제 아니다. 나라면 그렇게 하겠어. 이런 일은 시간 끌어봤자 좋을 것 없지."

노인은 의사의 말을 듣자마자 탁상전화기에 손을 뻗으며 고개를 끄덕였다.

"아무래도 그렇겠지요?"

그때 노인보다 강하의 손이 먼저 수화기를 잡아 눌렀다.

"손 안 치우냐."

"할아버지가 처음부터 오지랖만 안 떨었어도 이런 일 없지. 하지만 한밤중에 굳이 기어나가 이 애새끼를 주워 온 게 누군데. 그래놓고 이제 와서 귀찮아질 것 같으니까 보내자고?"

"너야말로 있는 대로 귀찮다는 티를 냈으면서 말은 그럴듯하게 하는구나."

"귀찮은 건 맞는데 내버리자고는 안 했어. 이런 몸으로 어디 수상한 연구실이나 아쿠아리움에 끌려가지 않을 것 같아?"

노의사가 차트를 덮으며 끼어들었다.

"사람들은 그렇게 한가롭지 않아. 이 아이가 공개된다면 처음에 조금 신기해하더라도 금방 잊어버릴 거다."

눈앞에 보이는 것이 미지의 선천성 질병에서 비롯된 상처인지, 죽음의 위기에 몰린 생체 조직에서 발현된 갑작스러운 이변이나 기적 또는 역진화의 결과인지, 그것도 아니면 단지 환경오염으로 인한 기형 증상의 일종인지는 알 수 없었지만, 노의사가 확신할 수 있었던 건 이런 정도의 특이체질에 연구비를 투자할 만큼 여유로운 기업들은 없으리라는 사실이었다. 기껏해야 「세상에 이럴 수가」 따위 방송 프로그램에서 괴물 아이로 한두 번 소개되어 사람들의 동정심을 유발하고 누구 주머니로 들어갈지 모를 후원금을 모집하다가 소리 소문 없이 잊힐 터였다.

"영감님께 묻겠는데, 이런 성분 불명의 아이를 언제까지 남들 눈에 띄지 않게 데리고 있을 수 있어? 아이가 언제 무슨 예방접종을 받아야 하는지 당신 알아? 주민등록번호도 모르는 아이를 학교 보낼 수 있나? 안 되겠지? 그런 자잘한 요소에 기대지 않고 멀쩡히 살아갈 수 있는 아이가 있다고 봐?"

노인은 전화기에 손을 올려놓은 강하와 팽팽한 눈길을 주고받다가 한숨을 쉬었다.

"잘 알았으니 나머지는 차츰 생각하기로 하고 일단 오늘

은 들어가겠소. 얘가 이래 보여도 아무 말도 못 알아듣고 있

으리란 보장이 없으니."

강하는 아이의 손목을 잡아 일으켰다. 아이는 세 사람 사

이에 오가는 대화를 모두 알아들은 것으로 보이지는 않았으

나 얼굴에 묻은 의혹이 절망과 한데 겹치면서 서서히 응고

되어가고 있었다. 비록 그렇지 않은 가정이 세상에는 더 많

다 하더라도, 아이란 한 집안의 부서지는 관계를 지탱하는

일종의 축과 같다고 의사는 믿었다. 그 자체가 형식이자 내

용인 존재가 아이라는 이름으로 사람들 사이사이에 닻을 내

리는 것이며, 그런 아이에게는 제대로 된 사회적 명명이 부

여되고 제도가 갖추어져야 했다. 의사가 보기에 강하네는

그것이 가능한 집안이 아니었다. 그건 그거고 현재는 어쨌

든 보험도 없는 아이가 진료소 안에서 간질성 발작을 일으

키는 난감한 상황을 원치 않았기에 의사는 세 사람을 쫓아

보냈다.

언제라도 마음을 도스르면 그만이라며 그대로 두어 달 남

짓 흐르자, 노인은 이제 와 아이를 어딘가로 보내기에는 적

절한 시기를 놓쳤다는 생각이 들기 시작했다. 아이는 그사

이 잔병치레 같은 것도 없이 또래에 비해 비상식적으로 보일 만큼 조용하고 얌전하여 노인에게 거의 부담을 주지 않았는데, 그와 같은 태도는 자신이 생활하는 면적을 최소화함으로써 어디로도 보내지지 않기를 간절히 바라는 본능에서 나오는 듯했다. 그러면서도 침울하거나 불안한 기색 없이 처음부터 그곳이 자기 집이었던 양 노인에게 천진한 미소를 지어 보일 때면, 강하가 처음 이곳에 왔을 때의 불퉁한 눈초리와 크게 대조되었기에, 노인의 마음은 해토머리의 잔설처럼 녹아내렸다. 그 아이와 유지해야 할 구체적인 거리와 제한된 시간 같은 것들에 대해서는 어느새 잊었다. 그리고 그들의 일상은 미풍이 살짝 건드리고 지나간 정도로 큰 변화가 없었다.

아이는 그리 오랜 시간이 지나지 않아 원래의 언어와 사고 체계를 회복한 듯 보통의 다섯 살 어린이 수준으로 말을 잘하게 됐지만, 역시 그 또래의 특성으로 앞뒤 정황이나 서사 구조가 잘 맞지 않으며 각종 종결어미가 불분명해서 자기에게 벌어진 일을 논리적으로 배열하지는 못했다. 노인과 강하가 번갈아 지난 행적을 물었을 때 띄엄띄엄하던 기억의 고리가 다소 부적합한 자리에 서로 맞물린 듯 '아빠가 차 밀고 산 올라갔어', '아빠가 주스 사줘서 먹었어' 정도를 말할 뿐이었고, '그럼 그 아빠는 지금 어디 갔느냐'고 묻자 거기서 모든 대답은 뚝 끊어지거나 '아빠 늦게 왔어', '비 많이 와서 아빠 다 젖었어' 같은 이야기로 넘어가서 길을 잃고 헤매기 시작했다. 아빠 차 타고 오래 달렸니? 응. 너 원래 살던 집은 어디니? 몰라. 서울 살았니? 몰라. 엄마는 계시니? 아니. 엄마 어디 가셨는데? 몰라. 아이가 비협조적으로 나오니 노인은 결국 민감한 질문까지 하고 말았다. 아빠가 너 데리고 물에 들어갔니? ……몰라. 강하가 폭발했다.

"우리가 널 어디서 건져 왔는지 알아? 네가 왜 우리 집에 있는지는? 네 아빠 어떻게 됐는지 알아? 어디서 난 아무것도 모른단 얼굴 하고 있어."

"강하 입 다물어라."

노인이 그러거나 말거나 강하는 아이의 눈빛에다 대고 쐐기를 박았다.

"네 아빠 뒈졌어, 물에 빠져서. 뒈진 게 뭔지도 모르지?"

그 말이 채 끝나기도 전에 노인이 강하의 관자놀이를 후려쳤고, 강하는 의자 아래로 굴러떨어졌다. 뒈졌다는 말뜻을 이해하지 못한 아이는— 고상하고 객관적인 말로 '죽음'

이라고 했던들 뜻을 모르기는 마찬가지였을 테고 그것이 살아 있는 동안 아빠를 두 번 다시 만나지 못한다는 뜻임을 이해하게 되더라도 지금 모습으로 봐서는 그 사실조차 별로 서운해할 것 같지 않았으나 — 그저 눈만 깜박거렸는데, 강하가 옆머리를 감싼 채 아픔을 참느라 신음하는 모습을 보고서야 비로소 피부와 근육에 낯설고 곤혹스러운 통각이 스며드는 듯 입술을 비죽거리다 울음을 터뜨리기 시작했다.

"아 씨발, 입 닥쳐!"

강하가 소리를 지르고 노인은 아이를 달래고 아수라장이 되는 바람에 이야기는 거기서 끝났다. 아이는 울먹거리면서 강하의 얼굴에 손을 뻗었다. 아파? 호.

"치워."

강하는 아이의 손을 뿌리치고 일어섰다. 물론 그때의 강하는 아이가 자연스럽게 상처에 손을 뻗는 그 동작이 아마도 생전의 부친에게서 배운 거의 유일한 몸짓이었을지도 모른다는 추측을 할 수 있을 만한 나이가 아니었다. 문을 열고 나서는데 등 뒤에서 노인이 오래도록 걸쭉한 가래침을 목구멍에서 뽑는 소리와 함께 아이의 흐느낌 소리가 섞여들었다.

호수에서는 그 뒤로도 유류품상 불륜 관계로 짐작되는 젊은 남녀가 시체로 발견되어 그쪽이 더 사람들의 입에 오르내렸고, 이내촌 주민들은 어깨너머로 엿들었을 뿐인 한 가장의 비극에 대해 잊어버렸으며 그에게 아이가 있었다는 사실조차 알지 못한 채 지나갔다. 수사는 진작 적당한 선에서 종결된 데다 밤사이 사건 사고 뉴스로 딱 한 번 다루어졌으므로, 친모가 나타나기라도 한다면 사정이 달라지겠지만 그 후 아이의 행방을 적극적으로 찾아 나서는 사람은 없었다. 얘, 쟤 대신 아이를 곤이라는 새 이름으로 부르기 시작하면서 노인은 아이가 정말로 이 세상에서 완벽하게 버려졌음을 깨달았다.

강하는 곤을 데리고 읍내로 다녀올 때 한여름에도 곤의 목에 스포츠용 네크워머를 둘러 묶고 머리에 착 달라붙는 비니를 씌웠는데, 곤의 머리카락이 충분히 자라서 목을 덮자 그 답답한 족쇄는 풀렸지만 그래도 곤을 데리고 대중목욕탕에 가는 일은 첩보 행위에 준하는 긴장을 동반했다.

여름에는 뒷마당의 고무 대야에 물을 채워 거기 들어가면 그만이었지만 겨울에는 그럴 수 없었다. 실내의 작은 화장

실은 변기와 세면대가 있을 뿐 간단한 빨래 외에는 샤워조
차 할 만한 곳이 못 되었고, 겨울에 대충 머리라도 감으려면
마당에서 추위에 떨며 찬물로 감거나 세면대의 수도꼭지에
머리를 부딪쳐가며 비좁게 씻어야 했다.

그랬는데 이제 데리고 다닐 짐이 하나 더 생긴 셈으로, 강
하는 일주일에 한 번꼴로 이른 새벽에 읍내로 곤을 끌고 나
가 목욕탕의 첫 손님이 되곤 했다. 눈이 어둡고 만사 귀찮아
보이는 주인 노파는 어린 손님인 강하의 얼굴을 기억하기는
했지만 너한테 언제 동생이 있었냐고 따져 묻거나 동행한
곤을 자세히 살펴보지 않았으며 2인 요금을 제대로 지불한
이상 개의치 않았다.

목욕탕 안에 들어가서도 가장 구석의 눈에 띄지 않는 샤
워기 앞에 곤을 앉혔다. 다른 손님들이 오기 전에 서둘러 곤
의 목욕을 먼저 도와주고 내보낼 셈이었다. 중앙의 공용 대
욕조에 들어앉아 뜨거운 물에 몸의 때를 불리는 여유는 자
주 누릴 수 없었다.

설상가상으로 강하는 불과 여섯 달 사이에 곤의 몸에 희
미하게 일어나는 변화를 발견했는데 처음에는 그저 실내조
명의 영향인 줄로 알았다. 그러나 옷을 갈아입히면서 그 등

087

에 반짝이는, 비늘로 간주하고 싶지는 않으나 결국 비늘이라고밖에는 생각할 수 없는 것들이 돋아나 한 조각 한 조각이 저마다 다른 반사각을 가지고 눈부시게 빛나는 모습을 보았다.

그것은 사람의 피부라기보다 잘 세공된 보석 같아 보였으며 곤이 세상의 어느 누구와도 같지 않은 특별한 생명체임을 증명하는 표지였다. 처음 곤이 이 집에 왔을 때는 분명 알아차리지 못했던 특징인 만큼 이는 서서히 생겨난 이변이라는 사실과, 문제의 아가미는 극한의 상황에서 후천적으로 돌연 발생했음을 귀납적으로 짐작하게 해주는 요소이기도 했다. 강하는 자기도 모르게 그 눈부신 빛더미에 손을 얹고는 손가락 사이사이로 비치는 빛살과 그것이 만드는 색의 변화를 바라보았다. 그 색의 미묘한 변주는 엄마 곁에 있었을 적 꼭 한 번 가보았던 성당의 창문마다 고결하고 신성하게 빛나던 스테인드글라스를 떠올리게 했다.

물에 닿을 때마다 아이는 점점 싱싱해지고 신선해졌다. 콧물 한 번 훌쩍거리는 일 없이 아이는 한겨울에도 틈만 나면 고무 대야에 몸을 담그거나 머리를 감았다. 그것은 물 밖으로 던져져 펄떡거리는 물고기가 가능한 한 많은 양의 수분과 산소를 공급받기 위해 펄떡거리는 모습을 떠올리게 했다.

강하는 낮은 수온에서도 충분히 견디는 물고기를 굳이 읍내 대중목욕탕까지 데리고 갈 필요가 없다고 차츰 여기게 됐다. 이 빛이 다른 사람들 눈에 띄면 귀찮은 일에 엮일 위험이 있어서만은 아니었다. 옛날 엄마는 이런 말을 한 적이 있었다. 눈부신 것, 빛나는 것, 귀한 것, 좋은 것은 숨겨놓고 혼자만 아는 거야. 남하고 나누는 게 아니란다. 그 말을 하고 일주일 뒤에 엄마는 분리수거를 미처 못 한 폐지처럼 외할아버지네 집에 강하를 떠넘겼더랬다.

그러므로 강하는 이 세상의 가시광선과는 인연이 없어 보이는 새로운 신체 조직이 남들 눈에 쉽게 띄는 얼굴까지 번져나가지 않을까 조마조마했다. 남들이 보는 순간 더 이상 숨겨놓고 혼자만 아는 것이 될 수 없었다. 비니와 긴팔 옷은 괜찮지만 복면을 씌우고 다닐 수는 없는 일이었다.

그날.

그 일이 없었더라면, 강하는 정체불명의 군식구를 번거로워하면서도 그의 신체적 운명과 가족의 부재를 동정하며 어쩔 수 없는 일이라고 체념하고 기꺼이 감당했을 터였다. 교

회 문간이나 공중화장실 또는 동전 투입식 물품 보관함에서 종종 발견되어 생애 최초의 매스미디어를 불행의 방식으로 타게 되는 주워 온 아이, 발에 닿아 거치적거리기는 하나 치워버리기는 무엇하여 놓아두는 동안 고정 자리를 차지하게 되는 세간이나 집기, 신경 쓰이지만 잡아당겨 더치지만 않으면 모르는 새 알아서 떨어져나갈 손거스러미 같은 존재 정도로 생각했을지 몰랐다. 그러나 아이는 그림 속 그럴듯한 구도 안에 정박한 과일이나 서책이 아니라 살아 숨 쉬고 움직이는 인간으로서, 존재 자체만으로도 점화 직전의 폭약이나 다름없었다.

그 무렵 호수는 조금씩 공원의 꼴을 갖추고 일반인에게 개방되고 있었다. 일단 황무지 신세만이라도 면해보자는 식으로 공원이라는 볼품없는 표지판을 달고 철조망이 헐렸다. 거친 비탈들이 깎여나가고 호수의 정취를 보다 가까이서 감상할 수 있는 수변 데크가 설치되었다. 이내촌 바깥 주민들에게서 꾸준히 제기된 민원이 오랜 세월 끝에 낸 성과로, 군에서는 예산 편성 문제로 몇 년을 미적거리다 이제야 호수 공원이 조성된 것이다. 아파트는 입주가 진행 중이었고, 이내촌 근처에 펜션 건물이 올라가고 있었다. 주민들 가운데 식당이나 오락실 등을 계약한 이도 있었다. 호수공원이 형태를 갖추고 정착기에 접어들면 이내촌은 집값이 올라갈 터였고, 기존 주민들이 떠나기도 시간문제였다.

군청 파견 경비원들이 간이식 초소에서 2교대로 근무하기 시작했다. 그들은 이내촌의 저 들쑥날쑥한 슬레이트 지붕들이야말로 이곳을 귀신 나오는 호수로 만드는 직접적인 원인이라는 듯이 못마땅한 눈으로 둘러보곤 했다. 2킬로미터에 이르는 호수 둘레를 걸어서 한 바퀴 도는 것만으로도 60대의 경비원들에게는 체력 소모가 적지 않았기에 두 사람—교대를 생각하면 실상 한 사람이 호수 전체를 종일 돌면서 관리하기란 불가능에 가까웠으니, 얼마 지나지 않아 경비원은 아침저녁 각 1회씩을 제외하고는 작은 창문이 난 경비실에 머물러 있는 시간이 더 많아졌으며, 그 뒤론 거의 주차장 관리만 맡게 되었다.

호수로 접근하는 길이 평평하게 밀렸고 수많은 나무와 풀들이 베어졌지만 그 와중에 이내촌을 통째로 밀어버리라는 지침까지는 내려오지 않은 모양이어서, 우거진 나무가 불도저에 몇 그루 넘어졌으나 그 사이사이 숨은그림찾기라도 하듯이 지붕 고개를 내민 집들은 아슬아슬하게 스쳐 지나갔는데, 그 결과 길이 완전 평지로 단장되지는 않아서 우스꽝스럽고 어설퍼 보였다.

음산하게 수런거리는 가지들을 쳐낸 뒤 생장 후에도 아담한 모습을 유지하는 딸기나무들을 심어 주위를 둘러싼 다음, 발이 미끄러져 호수에 빠지지 않도록 가풀막졌던 둘레 바닥을 산책로로 다지고 돌 장식으로 꾸몄다. 호수 둘레의 철책은 고전적 느낌을 주는 문양으로 주조되어 거의 형식에 지나지 않을 만큼 낮았으나 그편이 오히려 덜 위압적이고 친근감을 주어서 귀신 나오는 호수라는 오명을 떨치기에 적합했다. 게다가 유아 보행로의 안전 기준은 넘어선 상태였으니 꼭 거기에 뛰어들겠다는 사람 앞에는 철책을 아무리 높여보았자 소용없을 터였다.

그런 작업이 진행되는 동안 몸을 숨길 데가 마땅찮아진 작은 동물들은 어디론가 사라졌다가 별도로 조성해놓은 숲에 조금씩들 알아서 찾아들어갔고, 각종 물고기들을 방류하는 동안 호수 바닥에서는 신원 미상의 시신 몇 구가 더 나왔다. 그러나 공사가 시작되고 나서 명목에 불과하더라도 24시간 경비 체제를 명시한 다음부터는 이 호수를 죽음의 장소로 선택하는 사람들이 눈에 띄게 줄었고, 취객들의 우발적인 범행도 사라져갔다.

마지막으로 입구에 소박하나마 눈에 띄는 석조물을 하나 세워놓자 호수공원은 그전에 비해 밝고 평범한 연인들 및 가족 단위 방문객들에게 어울리는 인간적인 공간으로 탈바꿈했다. 전체 분위기는 색감이나 디자인 어딜 봐도 고급스러운 아름다움과는 거리가 있었지만 최소한 방치되지는 않았다 싶은, 딱 나라에서 예산을 지원한 만큼의 정비였다.

이내호가 자살호 내지는 유령호라는 오명에서 벗어나는데 도움이 되는 호수공원 개장 소식이 단신으로 지역신문에 실렸고, 어딘가의 지시에 따른 것이겠지만 인근 지역의 공립 초등학교에서 단체로 소풍을 오기도 했다. 순수한 아이들의 정답고 활기찬 놀이 모습과 그것을 배경으로 한 사진 보도 등은 대놓고 연출 티가 났지만 이내호의 이미지를 높이는데 일조하여 주말에 적지 않은 손님을 모으는 데 결정적인 역할을 했다. 관광객을 상대로 하는 장사와 인연을 맺지 못한 대개의 이내촌 주민들은 호수가 떠들썩해지자 반가움 같기도 하고 박탈감 같기도 한 모호한 양가감정을 느꼈다. 파스텔 톤의 순면 옷을 입고 거니는 솜사탕 같은 아이들과 그 부모들의 발길은 봄날 꽃향기가 짙어지자 더욱 늘어났다.

그날.

한 여인이 두 돌쯤 되어 보이는 아기를 안고 호수 앞에 서서 남편을 바라보며 미소를 짓고 남편은 멀찍이 떨어져서 렌즈 초점을 맞추고 있었다. 강하와 곤은 산책로 구석 느티나무 그늘에 놓인 나무 벤치에 앉아 있었다. 강하는 누군가가 버리고 간 얇은 주간지를 넘겨보고 있었고 곤은 그 옆에 얌전히 앉아 허공에 작은 발을 가위질하면서 행복한 가족의 모습을 훔쳐보고 있었는데, 아기를 안은 여자는 둘째를 가졌는지 배가 불러 있어서 그대로 오랫동안 서 있기 힘들어 보였음에도 남편은 좋은 그림이 나온다면서 카메라 바디에 다른 렌즈를 여러 번 바꿔 끼우거나 초점을 다시 맞추고 노출값을 조정하는 등 시간을 끌고 있었다. 5월의 햇볕에 무거운 몸에서 땀이 흐르고 지친 여인이 무슨 전문가 납셨다고 대충 하라며 짜증을 내자, 안겨 있던 아기가 엄마의 불안정한 상태에 영향을 받았는지 갑자기 상반신을 뒤로 벌렁 젖히며 울기 시작했다. 시작했다는 말은 조금 맞지 않는 것이, 그러자마자 아기의 몸은 여자의 팔에서 빠져나가 그녀가 지켜보는 가운데 등 뒤의 호수에 떨어졌던 것이다.

여자는 한 손으로는 철책을, 다른 손으로는 배를 부여잡고 비명을 질렀다. 남자는 목에서 카메라를 풀어 내던지고 철책을 뛰어넘었으나 당황한 탓인지 한 발이 걸리더니 아래 장식으로 깔아둔 계단식 돌밭에 나동그라져 머리를 찧었다. 그들 주위로 몇 사람이 몰려들었으나 누가 경비원 좀 불러 오라고 소리치는 것 말고는 다른 행동을 취할 생각도 나지 않을 만큼 사람들은 눈앞의 장면에 얼어붙었다.

남자가 찢어진 이마에서 흐르는 피를 한 팔로 훔치며 몸을 일으켰을 때 이번에는 다른 쪽에서 외마디 탄식이 들렸고, 사람들은 어떤 방식의 구조 작업에라도 도움보다는 방해가 될 것 같은 자그마한 아이가 이미 물에 뛰어든 모습을 보았다. 그 아이의 머리가 호수 속으로 순식간에 빨려들어 갔을 때 또 다른 소년이 모여선 사람들을 헤치고 앞으로 나오더니 호수에 대고 뭐라고 소리를 치며 누구 들으라고 하는지 모를 욕설을 퍼부었다. 소년의 외침이 메아리조차 일으키지 못하고 부서진 것과 무관하게 사람들은 이 광경에 사로잡혀 있었다. 상황부터가 아름다운 한 폭의 그림과는 거리가 멀었으나 저마다 얼굴에는 두려움을 통과한 매혹의 빛이 떠올랐다. 아이의 부드럽고 매끄러운 몸짓은 흡사 수면에 입맞춤이라도 하는 것처럼 보였으며, 지켜보던 이들의 마음속에서 이것이 긴급한 순간이라는 위기의식을 제거했다. 아이의 몸은 유리처럼 투명한 물속 공원으로 소풍이라도 떠나는 것처럼 가볍고 자유로운 움직임과 함께 신비롭게 산란되는 단백광을 반사했고, 그 시각적 자극과 진한 물냄새로 인해 저 아이라면 어떻게든 해줄지도 모른다는 비현실적인 믿음과 일종의 신성하고도 경건한 감각이 사람들 사이에 퍼져나갔다.

그러기에 목격자들뿐 아니라 아기 아빠조차도 그 아이를 따라서 선뜻 호수에 뛰어들지 못했고 그 자리에 붙박여 홀린 듯 수면을 내려다보았다. 아이들이 무사히 떠오르기를 바라는 인지상정이나, 여기 수심이 5미터라는 산술적인 현실 따위가 모두의 의식에서 지워진 듯했다.

그런 가운데 제정신을 차린 몇몇 냉철하고 신속한 사람들이 벤치 옆에 있는 인터폰 부스로 뛰어가 경비실로 이어지는 버튼을 누르는 한편 일부는 119에 연락했는데 경비실에서는 인터폰을 받지 않았다. 경비원은 자전거로 순찰 중인 모양이었다. 긴급 구조대 측에서는 한동안 뜸하더니 또 문제의 호수에서 사건이 터졌느냐고 반응하는 모양이어서, 신고자가 "시체가 나왔다는 게 아니라 애들이 지금 막 빠졌다고요!"소리치기도 했다.

강하는 양손에서 피가 나도록 철책을 꼭 쥐고 수면에서 일어나는 작은 물거품의 행방조차도 놓치지 않기 위해 호수를 노려보고 있었다. 진작 뛰어들려는 걸 몇몇 어른들이 뜯어말린 터였다. 강하도 자신이 나서보았자 소용없는 일이며 오히려 혼란만 가중되리라는 걸 알았지만, 아니 오히려 알았기에 심장에서부터 퍼져나가는 파동은 한층 더 격렬했다.

저 빌어먹을 물고기, 물고기, 물고기새끼! 곤의 생사 문제는 사실 걱정할 필요 없고 물에서 나온 뒤 어른들이 그의 특별한 폐활량을 미심쩍어하며 무언가를 캐물어도 적당히 얼버무리거나 무시하면 그만이겠지만 정작 강하가 견딜 수 없었던 것은 결코 자신의 손이 닿을 수 없는 호수의 바닥, 그 깊이였다. 자신이 가지 못하는 곳에 곤이 있다는 사실이 주는 거리감과, 언젠가는 곤이 정말로 한 마리 물고기가 되어 다른 물고기 떼들 사이로 깊이깊이 헤엄쳐 들어가 다시는 나타나지 않을 수도 있다는 생각이었다. 예감이 흔들고 지나간 미로의 바닥에는 길을 잃은 분노와 질투라는 이름의 잔해만이 남아 있었다. 수없이 겹이 덧씌워지는, 아직 발생하지 않은 장면들이 상상의 틀에서 벗어나 현실로 방생되고 있었다.

사람들이 탄성을 지른 건 구급차 소리가 가까워져서가 아니었다. 수면에 일어난 파열음과 함께, 어떤 선언이나 결의처럼 호수 위로 아이들의 머리가 칩떠올랐다. 축 늘어진 아기를 보는 순간 모두가 잠깐 긴장했으나 곧 그 아기가 아이의 품에 매달린 채 겁에 질린 울음을 터뜨리자 안심하면서 박수를 보내기 시작했다. 그 자신도 작고 마른 아이가 물에 젖어 체중이 꽤 나갈 법한 아기를 뜻밖에 단단하게 안고 나오자 사람들은 놀라움과 함께 얼마쯤 의문을 품으면서도, 아기가 살아 있는 지금 그걸 문제 삼을 틈이 없다는 사실을 잘 알았다.

철책 너머의 여인이 빼앗다시피 아기를 낚아채서는 그대로 꼭 끌어안고 주저앉아 울기 시작하자, 둘러선 사람들은 한차례 폭포 같은 감동의 순간이 지나고 앞다투어 부모를 탓하기 시작했다. 거 조심 좀 하지 않고. 이봐, 지금도 물 먹은 애를 혼자 꼭 끼고 있으면 어떻게 해. 바로 구조대한테 넘겨서 뭐든 토해내게 해야지……. 차에서 내린 구조대원들이, 말 들으세요…… 아이 놓으세요 아이한테서 떨어지세요! 소리치고 나서야 여인은 아기를 안은 팔에 힘을 풀었다.

구급대는 마신 물을 토하게 하고 아기 눈꺼풀을 열어 들여다보고 말을 걸어 울음을 비롯한 신체 반응을 유도하여 상태를 확인한 다음, 아기를 침대에 눕히고 구급차에 실었다. 부모에게 얼른 같이 타라고 손짓하다가 그중 한 대원이 모여 선 사람들을 휘둘러보고 물었다.

"그런데 아기를 건진 분은 누굽니까? 같이 검사 받으셔야겠는데 어디……."

대원의 말을 듣고 주위를 둘러본 사람들은 문제의 아이가 사라진 대신 아이와 그의 형이 달려간 길로 추측되는 바닥의 물 자국을 볼 수 있었다.

"그냥 가버리다니, 요즘 세상에 드문 아이네요. 감사 인사를 하려고 했는데 헛일이군요."

아이 아빠는 구급차 문이 닫히기 직전 지갑에서 명함을 한 장 꺼내서는, 가장 마지막에 도착하여 구조자의 인상착의를 거의 보지 못했을 호수 경비원에게 건넸다.

"혹시 그 아이들을 다시 발견하시면 이걸 전해주세요."

강하는 남들 눈에 띄지 않도록 호수공원 뒷문을 통해 집으로 돌아오자마자 줄곧 업고 뛰었던 곤을 방바닥에 내동댕이

쳤다. 이어 곧바로 멱살을 잡아 일으켜 벽에 밀어붙이는 바람에 곤은 뒷머리를 부딪쳐서 눈물이 와락 쏟아지고 구토증이 일어났지만 온 얼굴의 근육을 끌어모아 간신히 참았다.

"하나부터 열까지 성가신 새끼."

강하가 손아귀에 힘을 주자 곤은 발뒤꿈치를 조금씩 드티며 물러나다가 두 벽의 모서리가 만나는 곳까지 닿아 더 이상 갈 데가 없어지니 숨이 막혀서 기침하기 시작했다. 물속에서는 그토록 편안히 쉬어지는 숨이 어째서 이 순간 물 밖에서는 부자유한지, 곤은 이해할 수 없었다. 발아래로 머리카락과 옷자락, 몸에서 떨어지는 물이 흥건하게 고였고 몸에서는 녹조류 냄새가 풍겼다.

"영감태기 오기 전에 나가 뒈져버려."

강하는 다시 멱살을 끌어당겨 방바닥에 곤의 작은 몸을 갖다 꽂아버리고 돌아섰다. 곤은 기침을 하며 변명했다.

"그래도 아기가."

위험했으니까 ― 강하의 발이 옆구리를 지르자 뒷말은 입속에서만 출렁거렸다.

"아기가 뭐! 네 새끼냐? 네가 싸질렀어? 그건 그 인간들이 알아서 하게 두면 되는 거야. 눈에 띄는 짓 좀 하지 말라고 내가 몇 번 말해?"

"하지만."

거기 빠진 사람 이전에 녹색 물과 살랑거리는 물풀과 그 안에서 몸을 뒤채는 물고기들이 손짓하는 양, 전후 맥락과 상황에 대한 아무런 판단도 계산도 없이 저절로 몸부터 움직이고 보는 충동에 대해 부족한 말로 어떻게든 표현할 기회를 주지 않고 강하는 곤의 머리카락을 잡아 일으켰다.

"그렇게 물귀신이 되고 싶으면."

그대로 질질 끌고서 강하는 곤의 머리를 변기에 밀어 넣었다.

"아주 그냥 처박고 살아. 나오지 말고."

세척한 지 얼마 되지 않은 변기 속 맑은 물에 머리를 처박힌 곤은 강하의 손아귀 힘을 이기지 못하고 무력하게 발버둥질했다. 그 물은 오히려 호수보다도 깨끗할 터였고 곤은 숨도 쉴 수 있었으니 장소가 주는 불쾌감 외에는 크게 문제될 게 없었으나, 소독약 성분에 점막이 따가웠을뿐더러 눈 한 번 깜박이는 동안의 망설임도 없이 이어지는 폭력에 곤은 자신의 신체적 특성을 망각하고 그대로 익사할 것만 같았다. 자기가 좋아서 물속에 머리를 담그는 것과 누군가 힘으로 못 나오게 막는 것은 차이가 났다.

마침내 강하가 목덜미를 끌어당겨 곤은 물때로 미끈거리는 타일 바닥에 나동그라지기가 무섭게 자신이 지금까지 숨을 쉴 수 있었다는 사실을 잊어버리고 물에 빠진 여느 사람과 다름없이 헐떡거리며 물을 뱉어냈다. 그다음 호흡을 고를 틈을 주지 않고 강하는 빨래하느라 받아두었던 작은 대야의 물을 곤의 머리꼭지부터 통째로 쏟아부었다. 눈물과 콧물이 쏟아지는 물에 뒤섞이고 곤은 의식이 아득해졌지만 그건 호수에서 묻혀 온 이끼와 물때를 씻으려는 것이며 강하가 자신을 살려두었다는 뜻임을 알았다. 사람은 자신의 몸에 입힌 기억이나 행위에 밀착되어 쉽게 벗어날 수 없었으며, 곤은 자신을 구해준 강하가 그렇게 즉흥적으로 부레가 끓어서 자신을 죽이지는 않으리라는 걸 알아차렸다.

그날 이후로 강하는 수시로 곤을 호수에 밀어 넣었다. 늦은 밤, 노인이 잠들고 호수공원에 드나드는 사람이 없을 때 경비원의 고독하고 지루하며 단조롭기 짝이 없어 실상 거의 이루어지지 않는 거나 다름없는 순찰을 피해서였다.

노인이 잠귀가 밝은 편이어서 처음에 강하는 곤의 입부터 틀어막고 밖으로 끌어낸 다음 낮은 목소리로 잠자코 따라오라고 협박했고, 곤은 아직 꿈의 가장자리를 헤매는 눈꺼풀에서 두려움을 떨어내며 고개를 끄덕였다.

강하가 데리고 간 곳은 호수 한쪽에 띠를 두르고 구조물을 세워 물고기들이 넘나들지 못하게 막아놓고 작게 꾸민 비원수(悲願水)였다. 소문이 좋지 않은 호수에다가 온갖 나라의 민담을 짜깁기한 사연을 갖다 붙이고 '그 후로 사람들이 이곳에 동전을 던져 소원을 빌고 있다'는 조잡한 결말을 내렸다.

호수공원을 거닐다가 사람들은 지가 무슨 트레비 분수인 줄 알아, 웃음을 터뜨리고 그것이 허구라는 걸 짐작하면서도 에라 기분이다, 하면서 5미터 깊이의 호수에 동전을 던져 넣곤 했다. 연인 단위로 오는 사람들의 경우 동전을 던질 확률은 더 높았다.

강하는 호수 건너편 경비실에 밝힌 불빛과 거기 앉아 있는 그림자가 고개를 뒤로 젖힌 채 움직이지 않는 걸 확인하고는 곤을 그리로 들여보냈다. 곤은 자기가 무엇을 해야 하는지 알고 강하가 시키는 대로 물소리가 나지 않게 조심조심 발부터 집어넣었다. 시간이 흘러 다시 물 밖으로 나왔을 때는 동전을 두둑하게 담은 무거운 주머니를 입에 물고 있었다.

그런 식의 밤 외출은 일주일에 한 번꼴로 이루어졌는데, 강하는 갈수록 담이 커져서 비원수의 동전뿐만 아니라 호수 산책로를 지나가던 사람들이 우연히 빠뜨린 시계나 값나가는 머리핀까지 주워 오게 시켰으며 자연히 곤은 헤엄치는 범위가 더욱 넓어진 데다 오랜 시간 물속에 들어 있게 되었다. 어떤 때는 장물의 수와 무게를 견디지 못해 1차 2차로 나누어 다녀오기도 했는데, 그럴 때면 물에서 나와 입술을 떨기 시작하는 곤을 내려다보며 강하는 희미한 비웃음과 함께 어깨를 발로 밀어버렸다.

"왜, 물 좋아하잖아. 실컷 들어가."

그 발에 떠밀려 곤의 몸은 블랙홀에 흡수되는 한 점 별처럼 검은 호수 바닥으로 미끄러져 들어갔다.

"저기 네 친구 있다."

어떤 날은 강하가 시장 골목에 있는 민물고기 횟집 뒤쪽에 멈추더니 곤의 머리를 부엌이 훤히 들여다보이는 창 앞으로 밀기도 했다.

"인사할래?"

곤이 본 것은 두툼하고 싱싱하며 탄력 있는 송어 한 마리가 나무 도마 위에서 튀어 오르며 분요한 곡선을 그리는 모습과, 곧이어 그 머리를 단숨에 내리치는 주인 남자의 직사각형 식도였다. 번득이는 날 양옆으로 붉은 피가 튀어 출렁거렸고, 이어서 눈부신 속도로 칼이 비늘을 벗기더니 몸속에 가지런히 모인 내장을 뽑아냈다. 분리와 세척이 끝나자 주인은 회칼을 얇고 뾰족한 것으로 바꾸더니 분홍빛이 감도는 투명하고 말랑말랑한 살을 점점이 떠내기 시작했다. 조금 전까지 오감을 장착한 존재였을 살점들이 신속하게 허공을 날아 종이 접시에 착륙하여 따놓은 꽃잎 무더기처럼 소복하게 쌓이는 광경은 비현실적이었고, 곤의 눈에는 그 모든 과정이 대자연에 대한 공정치 못한 착취나 무분별한 도륙으로 보였다. 뒷걸음질하던 곤은 강하가 고의로 내민 발에 발뒤꿈치가 걸려 넘어졌다.

"성질 건드리면."

곤이 주저앉은 바닥을 무심코 내려다보니 가게 안쪽에서 씻어낸 피가 흘러나와 땅을 짚은 손가락을 훑으며 시장 바닥의 우툴두툴한 골을 따라 퍼져 나가고 있었다.

"이 집에다 팔아넘긴다."

공포는 비린내와 함께 절정을 이루었다.

"머리부터 자르고 뼈까지 발라내서 씹어 먹히는 거지."

곤은 강하가 뭐라고 말하는지 알고 싶지도 않고 다만 그 자리에서 벗어나고 싶은 마음에 정신없이 강하의 다리를 잡고 일어섰다.

강하가 학교에 가고 없을 때였다. 노인은 마당에서 내다 팔 폐지를 묶고 있었다. 노인의 담배 연기 너머로, 마당이나 방구석에 아무렇게나 흩어져 있던 공병을 수레에 담는 곤의 모습이 보였다. 연기를 손으로 두어 번 휘젓고 노인은 말했다.

"강하가 많이 못살게 구냐."

곤은 자기도 모르게 멍든 광대뼈를 손등으로 가렸지만 그 행동이 오히려 티가 났다.

"그럴 거 없다. 내가 눈이 없냐 귀가 먹었냐. 볼 거 다 보고 들리는 거 다 듣는다."

"아냐, 할아버지."

공병을 주워 수레에 담는 곤의 손이 빨라졌다.

"이건 내가 잘못해서 부딪친 거야."

"그런 걸로 해두겠지만…… 그동안 생각해봤다."

곤은 노인이 다음에 무슨 말을 할지 알고 있었다. 아마도 열 살쯤 먹었을 자신이 이제는 나이를 결정하여 강하와 마찬가지로 학교에 가서 의무교육을 받아야 하며, 그러려면 지금까지 어떻게든 버텨오거나 신경 쓰지 않았지만 어쨌든 주민등록이 필요하고, 그러자니 결국 신원을 밝힐 수 있는 단서를 찾아 일련의 기관에 자신의 몸을 고분고분 넘기거나 체계적인 보육과 훈련을 제공하는 단체로 이동해야 한다는 말일 터였다.

"할아버지. 나 글자 다 알아. 이제 책도 신문도 혼자 읽을 수 있어. 뜻은 많이 모르지만. 형이 덧셈 뺄셈도 가르쳐줬어. 나중에 곱셈 나눗셈도 가르쳐준대. 거기까지만 하면 누구라도 살 수 있댔어. 나 정말 학교 안 가도 괜찮아."

곤은 노인이 뭐라고 말하기도 전에 수레 손잡이 안으로 몸을 넣었다.

"아서라. 너 그거 못 끌어."

"할아버지보다는 나을걸."

"평생 이대로 살 생각이냐."

"그건 아니지만, 그러면 안 돼? 할아버지 되도록 귀찮게 안 할게."

"그게 아니다. 강하 녀석이 너무…….."

"너무, 뭐? 별일 없어."

"아닌 거 안다."

노인은 수돗가의 재떨이에 담배를 비벼 끄면서 한숨을 쉬었다.

"그놈이 어미 아비 없이 자라서 여기저기 뾰족하다. 아니, 그게 다가 아니라…… 무슨 말을 해야 할지 모르겠구나."

노인이 말실수를 알아차리고 고개를 저었다. 엄마 아빠는 물론 자신의 원래 이름조차 잃어버렸던 건 오히려 곤이었다. 노인의 표정에서 의중을 읽은 곤은 아무것도 개의치 않는다는 듯 맑게 웃었다.

"알았다니까. 나는 괜찮아."

곤은 허리에 수레 손잡이를 감고 현관 밖으로 한 발씩 떼어놓았다.

학교를 다니지 않는 곤은 엄마 아빠가 없다는 느낌을, 일상생활에서 상대적 박탈감을 비롯한 여러 패턴으로 경험할 기회가 없었으므로, 엄마 아빠가 없다는 것은 그 어떤 성격이나 행위의 판단 기준이 될 수 없었다. 할아버지의 말마따나 강하가 만약 뾰족하다면, 다른 누구도 아닌 그것이 강하였다. 단지 그뿐인 일이었다.

한편 그리 자주 있는 일은 아니었으나, 잠깐의 따뜻하고 부드러운 시간의 흔적이 곤의 몸에는 희미하게 남아 있었다. 가령 너무 길어져 어깨선을 넘은 머리카락이나 손톱을 자를 때 같은. 그전의 몇몇 경험에 비추어 언제라도 가윗날이 목을 베거나 손톱깎이가 손가락을 자를 수도 있다는 생각에 곤은 때때로 움찔했으나, 강하가 쥔 날붙이는 뜻밖에도 조심스러우면서 섬세한 궤적을 그리며 해묵은 시간의 각질만을 정확히 제거해나가곤 했다.

그러니 그 어느 쪽도 강하 그 자체였으며 자취 모를 부모의 존재는 그중 어떤 모습에도 기능하지 않았다. 더구나 오래전 얼핏 들은 얘기로 강하는 아빠가 누군지 모른다고는 했지만 엄마는 살아 계시다고 그랬던 것 같다. 기억이 불분명하지만 그걸 다시 물어보아서 강하의 심기를 공연히 건드렸다가는 정말로 자신이 읍내 시장통의 민물고기 횟집에 헐값으로 팔아넘겨져서 도마에 누운 채 빛나는 칼날을 기다리게 될 것만 같아 곤은 잊어버리고 모르는 척하기로 했다.

내가 그 글을 페이스북에 올린 것은 그로부터 1년 뒤였어요. 그때가 되어서야 비로소 한가롭게 글을 올릴 맘이 났어요. 사실 그날의 흥분과 감격을, 누군가에게는 환상이지만 내게는 피부의 호흡과 내장의 활동만큼이나 현실이었던 그 사건의 여운이 가시기 전에 곧바로 올리고 싶었지만 일부러 그러지 않았던 것이, 그래버리면 넘쳐흐르는 내 안의 이미지로 그날의 일을 윤색할 수도 있으니까 냉정을 되찾을 때까지, 내가 그날의 일을 제삼자의 감각으로 응시할 수 있을 때까지 지연시킨 거예요. 거기다 그 글을 다른 사람들이 보면 엉뚱한 호기심으로 당신을 수색하려 들 수 있으니, 되도록 당신이 먼 강이나 바다로 헤엄쳐 갈 시간을 줘야 한다고 생각했어요.

낮에는 일하고 밤에는 엄마를 돌보는 견고한 일상으로 철저하게 돌아와서 그날의 일을 생각해봤어요. 그 일을 겪은 나 자신조차 객관적으로 그날을 뒤돌아볼 수 있게 되고 그것이 착각이나 미몽이 아니란 걸 다시 한번 확인했을 때쯤 엄마는 세상을 떠났고, 나는 그 재를 강에 뿌렸답니다.

장례가 끝난 뒤, 가능한 한 동결시킨 연봉으로 아슬아슬하게 계약을 갱신해가며 연명하기를 11년째 해온 회사에 사표를 내고, 도우미 급료를 지불해가면서도 푼푼이 오륙만 원씩 모아 만기가 된 적금도 찾고 전세도 빼는 등 주변 정리를 하기 시작했어요. 엄마의 치료비를 위해 그만둘 수 없었던 일에 인생의 가장 빛날지도 모르는 시간을 집중 투자했는데, 그 몰입의 자리가 최소한의 흔적과 습관만 남긴 채 쏙 두려빠지고 났더니 내 삶은 허허벌판인 거예요. 그래서 앞날에 대한 아무런 기대도 의욕도 없이 홀가분한 몸으로 당분간 여행을 떠나고 싶었지요.

그랬는데 스마트폰을 보니 알림 메시지가 수십 개 넘게 와 있지 뭐예요. 무슨 일인가 했더니 친구가 많은 페이스북 사용자가 내 글을 공유하면서 공유 횟수가 폭발적으로 늘고, 모르는 사람들의 댓글도 많이 달린 거였어요. 글 등록 당시 설정 실수로 친구 공개가 아닌 전체 공개로 올라간 거였지요. 음, 페이스북 안 쓰죠? 사용은 안 해도 뭔지는 대충 알 거야. 어떤 체계로 돌아가는 매체인지 몰라도 돼요. 다만 한 번 눈에 띄기 시작하는 순간 엄청나게 증식하는 전염성이 있다는 것만 알면요. 사실 그렇게 글들을 유념해서 정독하는 것도 아니고, 관성적으로 손가락 아이콘을 한 번씩 클릭해주는 인터넷의 놀이터 같은 곳이에요. 아무튼 전염은 됐으니 온갖 외설적인 광고 댓글도 달리고, 이게 사실이냐 소설을 무척 그럴듯하게 쓰시네요 언제 데뷔하세요, 같은 댓글도 달리고. 이때 타인들의 조소에 의해 기억의 밀도가 계량되고 추억의 모서리가 훼손되었다는 불쾌감에 사로잡힐 여유도 없었어요. 캡처되어 트위터로 퍼져나가거나 인터넷 뉴스거리로 소비될까 싶은 마음에, 서둘러 글을 비공개로 돌려놓는 데에 신경 썼거든요. 감추기만 하면 어차피 이런 종류의 글은 유통기한이 있어서 금세 신선도가 떨어지는 법이니 얼마 안 가 다들 잊어버릴 거라 생각했어요.

그러고 나서 전셋집 처분으로 정신이 없어서 간단한 짐은 사글세로 옮기고 오랜만에 페이스북에 접속했더니, 모르는 사용자에게서 메시지가 한 통 와 있었던 거예요. 지금은 지워졌지만 친구가 공유한 님의 글을 읽었다면서, 그 인어 남자는 자기가 아는 사람인 것 같은데 관심 있으면 이리로 연락을 달라는 거였어요.

처음에는 새로운 방식의 피싱이나 대출 상담 유도 쪽지인가 싶었고 인터넷 쪽지로 여성을 꾀어내는 수상한 이들도 많은 데다, 나는 발신일로부터 한 달이나 지나 내용을 수신했으니 지금은 발신자도 잊었겠거니 여겼지만 그 무렵의 내게 남은 건, 그때 나를 살게 하고 내 몸을 세상에 붙들어놓은 바로 그 인어에 대한 고마움과 호기심뿐이었어요. 언제가 되었든 여행할 시간은 충분하니, 조금만 분위기가 이상하게 흘러가면 바로 수신 차단해버릴 생각으로 발신자와 접촉했지요. 하하, 물론 그 사람을 만나 그 역시 인어의 행방을 모른다는 사실을 알고는 괜히 먼 길 더듬어 찾아왔다고 농담처럼 말했지만요.

그는 손자도 못 알아보는 외할아버지를 두고 자신이 가게를 비울 수가 없으니, 충분히 사례하겠다면서 자기가 있는 데로 와줬으면 좋겠다고 내게 회신했어요. 나는 인어 남자를 다시 만날 수 있다면 그 이상 다른 사례는 필요 없다고 생각하면서 전세금을 무사히 돌려받은 그날로 고속버스에 올랐지요.

터미널에 내린 다음에도 버스를 두 번 갈아타고서야 그가 알려준 약도대로 P읍이 나왔어요. 붙어 선 단층짜리 상가들 뒤로 산자락이 시원하게 뻗어 있었어요. 철물점과 문방구, 오토바이 정비소와 진료소, 기원, 다방, 주점, 청과물 가게, 옷 수선집을 따라 걷다가 약국을 끼고 모퉁이를 돌자 골목 초입에 그가 말한 가정식 백반집이 보였어요.

크기는 지금 저 슈퍼마켓의 반이나 될까요, 벽을 보고 일렬로 앉게 되어 있는 바 형태의 식탁에는 손님이 다닥다닥 붙어 앉으면 다섯 명이 동시에 백반 정식을 먹을 수 있는 정도였지요. 내가 들어갔을 때도 그는 손님들 사이를 오가며 양손에 식판을 받쳐 들고 날랐어요. 손님들은 대부분 남자여서 그런지 누가 봐도 여행객 모양새를 한 여자 혼자 문간에 들어서서 두리번거리니까 다 같이 돌아보더라고요. 그래서 그와 눈이 마주쳤고 내가 아무 말도 안 했는데 그는 한 번에 저를 알아보았어요.

"오시느라 힘드셨죠. 제가 윤강하입니다. 잠깐 의자가……."

"그냥 일 보세요. 제가 알아서 앉아 있을게요."

버스를 두 번째 갈아타면서는 솔직히 종착지가 어디인지 모르겠고 내가 맞게 가고는 있는지, 정말 속아 넘어간 게 아닌지, 나는 다만 그전까지의 견고한 일상과의 접촉면을 내 손으로 파괴한다는 감상에 취해서 나도 모르게 무모한 짓을 한 거나 아닌지 불안했지만, 낡고 허름한 삶에 밀착된 그 작은 식당과 뒤쪽 산자락을 타고 넘어오는 맑은 공기를 통해 나를 부른 그의 말이 거짓이 아니라는 걸 알 수 있었어요. 나는 배낭을 내려놓고 벽 한쪽을 차지하고 앉아 이 저녁 시간에 손님이 끊임없이 들어서 자리 회전율이 높다는 사실에 신경 쓰지 않으려고 애썼어요.

"시장하지 않으세요? 보잘것없지만 같이 일단 드세요. 밥만 뜨면 되는데."

나는 오자마자 뜬금없이 밥부터 얻어먹기가 좀 미안했지만 거기 앉아 그가 한가해지기를 기다리는 것 외에 달리 할 일이 없었기 때문에 호의를 받아들였어요. 그리고 그가 더 이상 나한테 신경 쓰지 않도록 일부러 저녁 손님들이 빠지고 가게가 조용해질 때까지 천천히 입속에서 밥알을 세어가며 씹었어요.

저녁 손님들이 떠나고 나서도, 그는 나더러 어디 가지 말고 있어달라고 한 다음 가게 안쪽 방에 들어가서 꽤 오랜 시간을 나오지 않고 있었어요. 나중에 알았지만 그건 외할아버지를 부축해서 반신을 일으킨 다음 저녁을 떠먹이기 위한 거였어요. 내가 예정보다 거기 오래 머물게 된 게 바로 그 외할아버지 때문이었는데, 우리 엄마가 돌아가시기 전의 기억이 나서 그 짧은 시간에 강하한테 일종의 동지의식 비슷한 걸 느꼈나 봐요.

마침내 그가 나와 나란히 앉았을 때는 가게 문을 닫고 나서였어요. 기름때와 생활의 먼지가 벽에 두껍게 앉은 식당 안에, 마주 앉을 식탁조차 없이 옆으로 나란히 앉은 두 남녀가 뜨뜻미지근한 믹스커피를 두 잔 놓고, 서로가 알지 못하는 시간의 결여된 조각을 맞춰보는 장면은 아이러니 그 자체였어요. 내 이야기란 사실 페이스북에 올린 게 전부였으니, 대부분은 내가 그의 이야기를 듣는 식으로 대화가 이루어졌지요. 나 역시 그러자고 갔던 거고요. 그 글을 읽고 잊어버린 사람들은 하고많지만, 그 글 속에 나타난 사람을 알고 그것이 상상 아닌 실존임을 이해하는 건 세상에 우리뿐이라는, 일종의 폐쇄적 공유의식이 생겨났어요.

하지만 막상 이야기가 이어지자, 과거에 대한 향수보다

는 회한이 더 짙게 전해졌어요. 인간으로서의 도리와 책임을 다하지 못했다는 느낌이라고 명료하게 규정할 수도 있었겠지만 그보다는 뭘랄까요, 그건 완성시키지 못한 이미지를 제 손으로 부순 자의, 끝까지 읽지 못한 책을 결국 덮어버리고 반납한 뒤 두 번 다시는 대출하지 못하게 돼버린 이의 표정에 가까웠어요.

그러나 당신과 보낸 짧지 않은 시간에 대해 들려주던 강하의 모습에서 과장된 디테일을 휘두르며 자신의 행적을 정당화한다는 느낌은 없었어요. 내가 그 아이에 대해 당신보다는 아는 게 많지, 같은 접근도 하지 않았고, 자신이 그 애를 돌보고 거둬 살렸다는 행세를 하지도 않았어요. 겸손하고 온화하고 무엇보다 쓸쓸해 보였는데 그 후회의 색을 묘사할 방법은 내게 없네요. 윤색도 미화도 없는 성실한 서술, 그러면서도 손가락 사이로 흘러나간 물을 바라보는 듯한 시선, 그의 몸에서 일어나는 모든 모순적인 요소와 반응들을 응시하며 나는 의도치 않게 참회를 듣게 된 고해소 신부나 된 느낌으로, 내가 알지 못하는 당신의 모습을 한 조각씩 끼워나갔어요.

"겉으로 보기에 그런대로 평화로운 날들이었습니다. 그

녀석은 고통스러웠겠지만 그건 내 알 바 아니라고 외면했어요. 나는 어차피 네가 될 수 없으니 너를 궁지에 몰아넣음으로써만 너에 가까워질 수 있다는, 또는 너를 없애지 않으면 내가 존재할 수 없을 것만 같은 비뚤어진 믿음으로 일관했던 어린 시절이었지요. 자라면서는 저도 친구들과 어울리느라 바빴고, 고등학교를 졸업한 뒤로는 여기저기 돈을 준다는 데라면 어디든 가서 일했기 때문에 그렇게 자주 부딪칠 일도 없었어요. 할아버지도 그때까지는 그런대로 건강하셨고, 지독한 내핍의 결과에 따른 콧물 수준이지만 연금도 나오고 해서 주민등록이 안 된 가족을 덤으로 데리고 있다는 사실에 거의 신경 쓰시지 않게 됐어요. 어느새 녀석은 적어도 우리한테는 신기하거나 두려운 존재가 아니라 그냥 몸에 남다른 상처가 있을 뿐인 보통 사람이 되어 있었던 겁니다…… 그때까지는."

곧, 그에게 있어서 당신은 어쩌면 일찍이 들어본 적 없던 세계의, 이해할 수 없는 언어로 직조된 존재였어요. 그건 강하가 아니라 상대가 누구였어도 그랬을 거예요. 남과 같지 않은 것은 그 어디서도 환영받지 못하고 증오의 대상이 돼요. 아니면 잘해야 동정의 대상이 되는데, 그것은 타인이 시혜하는 동정과 그에 수반하는 불편한 시선을 기꺼이 받아들이겠다는 수혜자의 합의 아래에서 보통 이루어지곤 해요. 당신에 대한 강하의…… 글쎄요, 그 불합리는 과연 뭐였을까요, 그 긴장과 불안과 원망. 강하는 그 혼란을 평범한 일상이 주는 초조 정도 차원으로 수용하려 했어요. 그 과정에서 당신에게 상처 입혔다는 사실을 스스로도 알고 있었어요. 당신이 아무것도 아니라고 생각하면서도 실제론 아무것 아닌 게 아니라 오히려 모든 것이라는 사실과, 거기에서 비롯되는 괴리감을 견딜 수 없어 했어요.

곤, 그거 알아요? 강하는 자본주의사회에서 더 이상 다른 길은 검토하기 힘든 가장 합리적이고 안전한 방식으로 당신을 떠나보내려고 했어요. 당신의 몸은 보통 사람과 다를 바 없이 자라났지요. 더불어 당신은 신체 추정 연령에 불과하지만 그때까진 여전히 어렸고 세상을 대하는 법을 처음부터 배워가야 할 형편이었잖아요. 내가 만난 강하는, 본인이 그 상황을 반기거나 즐기지는 않았겠지만 할아버지를 끝까지 놓지 않았을 만큼은 책임감이 강했고요. 무슨 뜻인지 알겠어요? 강하는 가능하면 일을 많이 해서, 죽순처럼 자라나는 정체불명의 아이에게 신분을 주어 자립시킬 밑천을 준비하고 있었어요. 물론 강하는 구체적으로 그렇게 말 안 했지만 나는 이야기를 들으면서 느낄 수 있었어요. 처음부터 놓아 버리면 그만이었던 걸 자기가 붙들어 맨 셈이어서 거기까지는 도와주려고 했던 거예요.

　원래 양가감정은 논리적으로 설명하라고 있는 게 아니에요. 나만 해도 엄마 없이는 못 산다고 그렇게 오래 엄마를 포기 못 한다며 붙잡았으면서도, 엄마를 하루에 몇 번씩 아무도 모르는 데로 갖다 버리는 상상을 한 적 있어요. 실행에 옮기지는 않았지만, 마침내 엄마가 떠났을 때 나한테 슬픔보다 먼저 큰 부피로 찾아온 건 해방감이었어요. 당시 다니던 회사에서 정말로 내게 악의를 지녔던 어떤 자는, 남의 장례식장에 와서는 한다는 말이, 해류 씨가 어떻게 해서 일부러 보내드린 건 설마 아니지? 걱정스러운 표정으로 그런 말을 건넨다고 그게 위로가 되겠나요, 웃으면서 건넨다고 농담이 되겠나요. 그런데도 나는 순간 정말 내가 그렇게 했을지도 모른다고, 그래놓고 죄의식 때문에 기억을 지워버리거나 착각에 빠져 있는 거라는 생각마저 들지 뭐예요……. 내 얘긴 됐고 곤, 보통 사람은 말이지요, 자신에게 결여된 부분을 남이 갖고 있으면 그걸 꼭 빼앗고 싶을 만큼 부럽거나 절실하

지 않아도 공연히 질투를 느낄 수 있어요. 그러면서도 그게
자신에게 없다는 이유만으로 도리어 좋아하기도 하는 모순
을 보여요. 양쪽의 세계에 걸쳐진 감정은 서로 교환되거나
합의점을 찾지 못하고, 기껏해야 적정 수준에서의 은폐가
가능할 뿐이에요.

강하의 상태는 그랬는데, 그때 그 사람이 나타나 일상의
침묵과 균형을 깨어버렸고 계획이 틀어져버렸죠. 당신도 너
무나 잘 아는 바로 그 사람 말이에요. 그 사람으로 인해 당신
이 지금도 이렇게 자기를 숨겨가며 살고 있는 거잖아요.

이녕이 문간에 들어섰을 때 노인은 폐지를 실어 나르는 수레의 손잡이가 떨어져 나간 걸 고치는 중이었고 곤은 부엌에서 저녁을 짓기 위해 쌀을 안치고 있었다. 망치 두드리는 소리가 탕, 탕 맑게 퍼져 나가다 끊어지더니 노인의 손에서 망치가 미끄러져 아슬아슬하게 발등 바로 옆에 떨어졌다. 두 사람 사이에 의례적인 침묵이 흘렀다. 본론으로 들어가기 전, 누구나 필요로 하는 최소한의 지연 의식이었다. 낯섦을 분쇄하면서 그 낯섦이 연민 이외에 다른 — 예컨대 혐오나 환멸 같은 것으로 변질되지 않도록, 짧은 시간 동안만 이어져야 할 행위였다. 양철 지붕의 직선이 저녁놀 빛에 물드는 장면을 말끄러미 올려다보며 변한 구석을 탐색하던 이녕은 이윽고 건성으로 고개만 까딱해 보인 다음 노인 옆을 스쳐 지나가며 한마디 던졌다.

"아버지, 강하는?"

노인의 관자놀이에 굵은 핏줄이 섰다.

"네가 지금 나한테 그걸 묻는단 말이냐."

노인은 그 자리에 굳은 채 이녕의 커다란 트렁크와 걸을 때마다 또각또각 소리를 내는 붉은 하이힐의 뒤축을 내려다보고만 있다가 이를 악무는 소리로 쥐어짜냈다.

"여기가 어디라고 들어와 들어오길."

역정을 내는 노인의 말을 들은 체 만 체하고 이녕은 가방을 세워놓은 뒤 부엌문을 밀어젖혔다가, 그 안에서 도마에 올려놓은 김치를 썰고 있던 소년의 조금 놀란 얼굴과 마주쳤다.

"……강하가 아직 이렇게밖에 안 됐나?"

소년은 식칼을 내려놓고 영문 모른 채 방문객을 향해 허리를 살짝 숙여 보였다.

"그 녀석은 강하가 아니다. 보면 모르냐. 네가 낳아놓고 보낸 자식은 벌써 스무 살이다."

이녕은 잊었던 사실을, 그나마 별로 중요하지 않은 정보를 새삼스레 깨닫기라도 한 듯 심드렁히 고개 끄덕였다.

"흠. 그렇게 말씀하시는 걸 보니 다행히 아직 살아 있나 보네. 그럼 이건 뭐야?"

그녀는 손을 멈추고 서 있는 곤에게 턱짓을 하며 사실은 별로 관심이 없으나 그렇게 하는 것이 최선의 도리나 최소한의 예의라도 되는 듯 물었다. 노인은 허리를 굽혀 망치를 주워 들었는데 그걸로 당장 딸의 머리를 내리치지 않기 위해 힘을 주는 듯 손이 가늘게 떨리고 있었다.

"걔는 네가 알 필요 없다. 다행? 퍽도 다행이겠다. 자식새끼 던져놓고 이제 와 나타나서 한다는 소리가. 죽었는지 살았는지 언제 관심이나 있었냐."

바깥에서 벌어지는 실랑이를 들으면서 곤은 저녁상에 밥공기를 하나 더 채워 올려야 한다는 걸 짐작했다. 그들은 자신과는 달리 피를 나눈 가족이었으며 곤은 노인이 자신에게 보여주는 때로 어색한 온기보다 그녀에게 퍼붓는 험악한 말쪽이 세월의 흐름이나 공백과 무관하게 밀착된 관계를 드러낸다는 걸 알았다.

곤은 노인이나 강하를 따라 가끔 바깥에서 만나 일정한 범위 내에서 관계를 맺는 사람들도 있었으나 그건 그저 '아는 사람' 수준에 그쳤고 어떤 경우라도 오랫동안 친하게 지낼 수 없었으며 모든 관계가 잠정적이고 일시적이었다. 그도 그럴 것이 거리가 가까워질수록, 알고 지내는 사람이 많아질수록 자신의 신체적 비밀이 노출될 가능성이 커질 터였는데, 곤 자신은 그렇게 되더라도 크게 상관없었지만 그래버리면 나중에 노인과 강하가 난처한 상황에 빠질 걸 알았으므로 친한 사람을 굳이 만들지 않고 지냈다. 얼굴을 대체로 트고 지내는 이내촌 사람들도 노인의 집에 어느 날부턴가 갑자기 맡아 기르는 아이가 있다는 사실에 대해 무관심한 척했으나 어쩌다 이웃집에서 과일이나 나물 따위를 나눠준다고 들르기라도 하면 인사치레로 저 아이는 몇 살이며 학교엔 안 다녀도 되는지를 묻곤 했다. 그럴 때면 곤은 병약한 척했고, 좀 더 집요한 사람들 앞에서는 학업 수행이나 사회생활 내지는 일상생활이 어렵겠다고 여길 수밖에 없는 침묵과 딴청을 일관성 있게 유지했다.

곤은 점차 누군가 방문하면 방에 조용히 숨죽이고 틀어박히는 습관이 생겼고 이내촌의 몇 안 되는 아이들이 골목길에서 공을 차며 노는 데에 공연히 끼어들지 않게 되었다. 자연히 노인과 강하가 자신을 둘러싼 세상의 모두가 되었지만 곤은 그걸로 불평하지 않았다.

그들에게 지나치게 의존하거나 신세 지지 않기 위해 언젠 가는 자신도 새로운 신분을 얻어 떠나야 한다고 막연히 생 각하고는 있었지만, 그 시기는 적어도 2~3년 뒤가 될 터였 다. 보호자 없는 정체 모를 아이라는 이유로, 질병 감염 여부 나 다른 조사를 위해 본인의 의사를 무시하고 옷을 벗겨 온 몸을 구석구석 살피는 일에 무력하게 노출될 가능성이 조금 이라도 줄어드는, 자기 몸에 대한 최소한의 통제 의지와 주 권을 주장할 수 있는 나이가 언제쯤인지 곤은 몰랐다. 자기 가 몇 살인지부터 정확히 모르는 데다 많이 봐줘야 신체 추 정 나이 열다섯 정도일 뿐이었는데, 진짜 이름도 가족도 없 을뿐더러 지난 기억까지 없는 사람의 경우 스물이든 서른이 든 사회복지라는 명목으로 그런 주권 따위 갖지 못할 수도 있었다. 곤은 자신의 몸에 대해 타인이 알게 되면 큰일 나는 걸로 어려서부터 알아왔고, 그렇게 되면 누구 손에 의해서 든 싱싱하고 기상천외하며 지구상에 전무후무한 횟감으로 서 횟집에 팔아넘겨진다고 들어왔다.

그런 상태에서 단지 아는 사람이 아니라 이 집의 가족임 에 틀림없는 사람이 나타났고, 곤은 그녀가 강하의 친모임을 알아차렸다. 외부와의 접촉 및 인간관계가 부족한 곤으로서는 빠른 판단이었다.

곤 역시 아빠만이 아니라 엄마도 기억나지 않기 때문에, 세상의 모든 엄마라는 사람은 으레 텔레비전 주말 가족극에 나오는 것처럼 몸뻬를 입고 이마에 깊고 굵은 주름이 졌으며 하루 종일 부엌일과 빨래 청소에 치여 손톱에 매니큐어를 바를 시간도 없이 가족이라는 제단에 놓인 희생양인 줄로만 알았다. 어쩌다 가끔 귀걸이를 하고 곱게 화장한 얼굴에 정장을 입은 젊은 여인들도 엄마라는 역할로 화면에 비치곤 했지만 그녀들은 설정상 이혼 또는 사별을 겪고 연하의 젊은 남자가 다가오거나 목하 불륜 중, 그 밖의 옵션으로는, 아마 갈등 구조의 유발과 화해까지 노리기 위한 장치일 텐데 불임 또는 유산의 경험이 있지 않으면 아이가 있다 한들 초등학생 미만으로 아주 어린 경우가 보통이었다.

그런데 지금 눈앞에 나타난 노인의 딸이자 강하의 엄마는 바로 그 화면을 뚫고 나온 듯한 모습으로, 스무 살 자식이 있다면 누구도 믿지 않을 만큼 젊은 몸차림을 하고 있었다. 그러나 곤은 그 만들어진 얼굴 아래 가려진 진짜를 볼 수 있었는데, 피로에 찌든 얼굴은 유분으로 번들거리며 급성 알레

르기 환자의 그것 같은 발진과 뾰루지를 두꺼운 화장으로 덮어버리려 애쓴 흔적이 드러났다. 푸석거리는 짧은 곱슬머리는 금색에 가까운 밝은 톤의 갈색으로 염색했고 옷차림은 캐주얼 스타일로 구색을 맞추었으나 좋지 않은 낯빛으로 인해 옷의 색마저 죽어 보였다.

"너 누구니? 강하 친구⋯⋯라기엔 어려 보이네. 설마 아버지가 늘그막에 밖에서 만들어 온 애는 아니겠지."

노인은 평생을 살아오면서 그렇게 품위 없고 추접한 말은 처음 들어보았다는 듯 바닥에 가래침을 뱉고 혀를 찼지만 이녕이 곤에게 참견하는 것을 더 이상 적극적으로 말리진 않았다. 곤은 자신의 이름과 여기에 있는 이유를 설명해야 할지 말지를 스스로 결정해야 했다.

"아무래도 상관없고, 이 가방 좀 안에 옮겨다 줄래?"

곤은 대답 대신 다른 일을 할 수 있다는 사실이 반가워 얼른 싱크대에 김칫물 묻은 손을 씻어냈다. 그때였다.

"할아버지, 누구 왔어? 웬 가방이."

그다음 말을 잇기도 전에 강하는 부엌 안팎으로 양발을 걸치고 서 있는 이녕과 눈이 마주쳤지만, 그 즉시 도망치듯 돌아서거나 다가가 상대의 정체를 확인하지 않은 채 한참을 침묵과 함께 어떤 반응도 보이지 않았다.

그건 이녕도 마찬가지여서 두 사람은 서로가 누구인지를 이미 알아차리기는 했으나 다음의 수를 읽을 수 없는 적군의 동향을 탐색하듯 거리를 좁히지 않고 서 있었다. 선뜻 다가가 감동의 눈물과 포옹을 나눌 계제가 아님은 분명했고, 함께한 시간이 턱없이 적다는 데에서 나오는 단세포적인 민망함보다는 더 두꺼운 장벽이 있었다. 이녕은 많이 컸네, 라는 어머니 흉내를 어설피 내는 무책임한 한마디와 잘 지냈니, 라는 심상한 인사 사이에서 고민하고 있었으며, 강하는 강하대로 왜 왔어요, 와 다분히 고의적인 누구세요, 사이에서 갈등하는 중이었다.

그 시간을 견딜 수 없어서 곤은 마당으로 내려서 트렁크 손잡이를 잡아 끌었는데 강하가 팔을 들어 가로막았다.

"너 가만있어."

그 명백한 배제와 경계의 말 앞에서 곤의 손은 힘을 잃었다. 여기가 어디라고, 네가 끼어들 자리가 아니야. 거기까지 말하지 않았어도 의미가 충분히 파악되었다. 올려다본 강하의 옆얼굴은 창백했다.

"할아버지, 뭐라고 말씀 좀 해봐."

딱 봐도 돈 떨어지니까 노인네 쥐꼬리만 한 연금 바라보고 돌아온 사람에게, 말이야. 강하는 뒷말을 속으로만 삼켰다. 이미 입을 열 때부터 목소리가 떨렸으므로, 자신은 이 신경전에서 패배했음을 감지하고 있었다. 이곳은 이녕의 집이기도 했다. 자리를 오랫동안 비웠다 돌아와서도 주권을 주장할 수 있는, 부모란 그런 것이었다.

낮에 강하가 없는 동안 곤은 노인과 이녕이 다투는 소리를 통해 그동안 그녀의 행적과 내력을 짐작했다. 그건 통속적이고 진부한 구식 멜로영화 같은 것으로, 그녀는 답답하고 고즈넉한 이내촌과 완고한 아버지를 떠나기 위한 수단으로 자신을 배우로 키워주겠다는 남자를 따라가 수년을 이용당한 끝에 뭔가 처음 계획과 다른 것 같고 잘못되었다는 사실을 깨달았지만, 이미 때는 너무 늦어서 강하가 태어났다는 내력이었다.

그녀는 문제의 매니저인지 기획사 대표인지를 따라 도시로 간 뒤 텔레비전 드라마에 단역으로 네 번쯤 얼굴을 비추었는데 — 그중 한 번은 노인도 브라운관을 통해 본 적이 있었다 — 5초짜리 행인과 2초짜리 군중 역할을 맡으면서 남자가 한 말이 거짓이 아님을 굳게 믿었고, 그 후 좀체 쓸 만한 배역이 들어오지 않음은 작은 기획사의 있을 법한 설움에 불과하며, 그럴수록 자신이 열심히 뛰어 돈을 벌어다 주는 것이 자신의 입지를 다지는 길이라 믿게 되었다. 스폰서에게 미소 짓거나 봉사하는 일 모두, 대표뿐 아니라 스스로를 위한 일이라고 다독이며, 그가 필요로 하거나 부르는 자리에는 어디든 나가 그들이 시키는 대로 춤을 추고 술을 제 머리나 가슴골에 뿌리기도 했다.

생각지 않았던 임신을 했을 때, 이미 사실혼 관계가 되어버린 대표는 이렇게 설득했다. 어차피 부른 배로 역을 못 맡으니까 몸 풀 때까지만 들어가 있으면, 다른 아이를 좀 키워가지고 수익을 내서 너를 다시 밀어주겠다. 그는 이녕에게 솔직히 배 속 아이가 누구 자식인지 알 게 뭐냐는 파렴치한 말로 책임을 회피하지 않았고, 그녀는 그 성실함을 믿었다. 그는 수많은 방송 관계자한테 비굴하게 허리를 숙이러 다녔고 새로운 여자아이들을 양팔에 끼고 다녔으며 그중 몇몇은 이녕에게 인사를 시키기도 했다. 그럴 때면 이녕은 부른 배를 내밀고 짐짓 왕언니나 안주인 시늉을 하며 자신의 소속감을 재확인했다. 그러면서 이런 거치적거리는 아이는 하루

빨리 낳아버리고, 저 젊고 예쁜 아이들이 도열한 틈에 다시 끼고 싶었다.

그러나 그가 애써서 한두 편의 드라마나 영화에 출연시킨 예쁜 거위들은 얼마 안 가 계약을 파기하고 조건이 좋은 다른 기획사로 옮겨 가서 황금알을 낳기를 반복했다. 그에 얽힌 진흙탕 싸움을 수차례 벌이느라 남자는 얼마 뒤 방송국이나 영화사보다 법정에 출근하는 일이 더 잦아졌다. 그녀는 남편이 입버릇처럼 말하는 '해보려고 했는데 잘 안 풀리는' 상황에 기대는 것 말고는 거대 도시에서 할 수 있는 일이 없었고, 다시 쓸 수 있는 몸을 만들어 남편의 사업을 도와야 한다는 일념으로 적당히 자란 강하를 택배 부치듯이 아버지에게로 보내버리고 몸 만들기에 집중했지만, 이미 출산을 경험한 몸은 자본의 치밀하고도 고차원적인 관리가 없이는 원래대로 돌아오지 않았다. 그 과정에서 그녀가 맡은 가장 좋은 역할은 사건 사고 재연 프로그램에서 주인공의 친구 정도였다. 이후 그녀의 몸이 방송 아닌 룸살롱에서만 쓰이게 되기까지는 그리 오랜 시간이 걸리지 않았다.

심각한 중량 및 규격 초과로 접수 불가 도장이 찍힌 소포처럼 강하는 주소와 이름이 적힌 메모 한 장을 손에 쥔 채 혼자서 이내촌으로 왔다. 제 몸보다 큰 옷가지 배낭을 메고 온 일곱 살 아이가 짐을 풀자, 그 안에서는 속옷과 얄팍한 돈 봉투 외에도 강하가 이녕의 아들임이 틀림없으니 외할아버지가 이 아이를 받아줘야 한다는 요지의 가족관계 증명서를 비롯하여 그녀의 최근 사진이 나왔다. 노인은 할 수 없이 강하를 받아들였으나 딸의 사진은 찢어버렸다.

그 뒤에도 그녀는 아이가 먼 길을 잘 도착했는지 아버지에게 연락해보지 않았으며 강하가 자라는 내내 그랬기 때문에, 노인은 오래전부터 딸이 이 세상 사람이 아니라고 인정한 참이었다.

그런데 지금 딸이 돌아와 있었다. 그 후로 끝내 또 다른 배역을 얻지 못하고 오랜 세월 인내하며 거들었으나 결국 실패로 끝난 기획사와 결혼 생활을 정리한 뒤였다.

이녕의 남자는 기획사를 무리해서 운영한 결과로 진 빚을 갚아준다는 부동산 부자와 결혼했고, 빚 정리가 끝나자 오랜 시간 간판만 바꿔가면서 시난고난 끌어왔던 기획사 자체를 접었다. 그는 자신이 데려온 이녕을 끝까지 책임진다고 큰소리치며 반지하 월세방을 하나 얻어주고는 그녀를 반려견이나 고양이처럼 들여놓고 한 달에 한 번씩 생활비를 건

네러 오곤 했는데, 그마저도 두 달, 세 달로 간격이 늘어나더니 마지막에는 그 남자 대신 본부인이 와서 전에 없이 두툼한 봉투를 던져주었다. 현실을 직시하기 어려웠던 이녕이 연락을 시도했을 때 그의 전화번호는 결번이었다.

이녕은 생환 신고를 위해 집 문턱을 넘어섰을 때 잠시 정신이 맑았을 뿐, 그 이후로는 별로 제정신일 때가 없었다. 오랜 접대 생활에서 얻은 알코올중독도 문제였지만, 그녀는 무거운 가방 안에 적지 않은 약을 쟁여 와서 날마다 꺼내 먹고 있었는데 그것은 자욱한 연기와 취기와 어둠 속에서 예명조차 기억나지 않는 연예인이나 브로커들에게서 조금씩 얻어 모은 것들에다 본부인에게서 받은 마지막 목돈을 털어서 마련한 것들이었다. 곤은 그녀가 옷장 구석구석 약 봉투를 나눠서 숨겨두는 장면을 보았지만 거기 봉투마다 녹색 십자 그림이 그려져 있어서 그저 알코올중독을 치료하는 데 쓰이는 일반적인 내복약인 줄만 알고 그것에 대해 노인과 강하에게 언급하지 않았다.

곤은 이 집의 진짜 구성원인 이녕이 나타남으로 인해 자신이 좋든 싫든 호수에서 보내는 시간이 늘어나리라고 예감했으나 일은 생각처럼 되지 않았다. 이녕은 돌아온 첫날을 제외하고는 곤이 어디서 온 누구인지를 궁금해하지 않는 것은 물론 얼마 안 가서 그가 있거나 말거나 신경 쓰지 않는 것처럼 보였는데, 그건 대개 약 기운으로 주위 사물 식별이 원활하지 않아 외부에 대한 감각이 둔해지고 분석력이 떨어져서라는 걸 곤은 몰랐다.

거기에 이녕이 온 뒤로 몇 번인가 말다툼 끝에 몸싸움을 하더니 노인은 쓸모없는 게으름뱅이가 집 안에 굴러다니는 꼬락서니를 보기 싫다며 아침 일찍 집을 나서서 읍내 기원이나 노인복지회관 등에서 종일 시간을 보내다, 마침내는 시장 식당에서 상인들을 대상으로 식판을 배달하기 시작했다. 강하 역시 자신을 낳아준 여인에 대해 특별히 애틋한 마음이 없었으므로 오히려 밤에 주점 일을 하는 시간을 연장하기까지 했으며 그러다 보면 집에 들르지 않고 바로 아침 일을 나가곤 해서 자연히 그 집에는 곤과 이녕 둘만 남게 되었다.

노인도 강하도 이녕을 처음부터 목록에 기입되지 않았던 예정 밖의 수하물처럼 방기하며 딱히 곤더러 돌봐주라거나 어떻게 하라는 말을 하지 않았지만, 곤은 나머지 사람들이

다 나가버리니 언제 그 영혼이 깨어 배회할지 모르는 무덤을 관리하는 묘지기가 된 심정으로 그녀 옆을 지키게 되었다. 무덤의 주인이 불현듯 일어나 확신을 잃고 비틀거리면, 그 발걸음을 조심스레 붙들어다 제자리로 돌려보내는 일이었다. 자꾸만 미망에 사로잡혀 불가능한 삶 쪽으로 떠도는 영혼을 관리하고, 그 어떤 돌발 상황이 발생하지 않도록 떼를 입히고 풀을 매는 섬세한 손길이 필요한 일이었다.

그녀는 대부분의 시간을 잠으로 보내다 가끔 일어나서는 주위를 둘러보며 물을 찾았다. 자리끼를 집어다 건네는 곤에게 너는 누구이며 여기는 어디냐고 묻는 듯 물끄러미 올려다보았지만 곧 개의치 않는 모양으로 물을 마신 뒤, 다시 드러눕거나 화장실을 오갔다.

그런 뒤 늦은 오후에 일어나 곤이 차려놓은 밥상의 보자기를 당연하다는 듯이 벗겼고, 식어서 미지근해진 국을 들이마시다가 문득 생각났다는 듯이 아버지와 강하는 각각 어디 갔냐고 묻기도 했다. 연속 사흘간 곤의 대답이 똑같은 걸 듣고서야 다음 날부터는 그들의 행적을 묻지 않았는데, 그래도 가끔은 깜박하는지 그게 아니면 좀 더 색다른 행선지라도 기대하는지 같은 질문을 반복하곤 했다.

한편 곤에 대해서는 아버지 또는 강하와 무슨 관계인지 묻곤 했지만 그건 비좁은 공간에 어쨌든 사람이 함께 있으니 취할 수밖에 없는 형식상의 물음인 듯했고, 그때마다 곤이 적당히 얼버무리거나 회피하는 데에도 크게 신경 쓰지 않았다.

"그러니까 너는 뭐 하는 애냐고. 뭐 볼 거 있다고 여기 붙어 있느냐고……."

그러다 곤 머리를 긁적거리며 다른 한 손으로 베개 밑 담배를 찾아 물고는 피식 웃는 것이었다.

"됐다. 따지고 보면 내 처지랑 크게 다르지도 않네. 내가 뭐 하는 년인지 왜 이런 데 돌아왔는지 나도 모르면서 말이지."

가족 어느 누구도 밥상을 사이에 두고 함께 자리하지 않는 애매한 시간을 이용하여 하루에 한 끼, 많으면 두 끼 정도 먹고 그녀는 가끔 호수공원을 산책하는 건전한 동작도 취했지만, 대개는 집에 그대로 늘어져서 텔레비전 채널을 수 초마다 돌리며 저 자리에 있었어야 할 건 나라고 중얼거리기도 했다.

그러고 난 다음 저녁 어스름이 깔리기 직전쯤 해서 그녀는 컵에 물을 따르고 약 봉지를 하나 꺼냈다. 종류에 따라 다르지만 보통 내복약은 하루에 세 번이나 두 번, 식사 후 30분으로 정해져 있으며 하루에 꼭 한 번 잠들기 전에만 복용하는 약이란 수면을 유도하는 독한 성분으로 이루어져 있을 게 틀림없다고 생각한 곤은 그녀가 알코올중독 외에 달리 무슨 병을 앓는지 궁금했다.

그도 그럴 것이 그녀는 하루 동안 일반인의 기준을 넘는 충분한 휴식을 취하면서도 약을 복용한 후에는 상태가 좀 나아지는 게 아니라 오히려 더 악화되는 것처럼 보였다. 나른한 몸을 부챗살마루처럼 펼치고 드러누운 잠깐 동안은 편안해 보였지만 곧 방바닥을 기어 다니며 나직한 노래를 흥얼거리고 미지의 존재에 빙의된 듯한 언어로 떠들기 시작하는 거였다. 거기까지는 그런대로 참을 만했으나, 정재계나 연예계 스포츠계를 가리지 않고 신문에 나온 사람들 얼굴을 가위로 자르거나 찢으며 이유 모를 웃음소리를 흘리는 데서부터는 상태가 심각해 보였으므로, 그 약이 알코올중독을 치료하는 게 아니라 그걸 부채질하는 것만 같았다.

곤은 이녕의 병이 약으로는 수습되지 않는 데까지 이르렀는지 아니면 그 약이 알코올과 무관한 다른 병을 다스리는 데 쓰여서 그녀의 자잘한 행동들은 약의 사소한 부작용에 불과한지, 그녀 자신이 병이 낫기를 바라고는 있는지 그냥 더쳐서 죽어버릴 셈인지도 알 수 없었으나 어쩌면 그 행위들이 그녀에게 있어서는 병증이 아닌 회복의 과정일 수도 있다는 기대를 품고 살펴보았다. 그러나 집 안에 얼마 있지도 않은 기물 손괴의 정도는 날이 갈수록 더해져서 처음처럼 곤이 알아서 태워버리는 등 자체 처분할 수 있는 수준을 넘어섰으며 나중에는 티브이 브라운관을 향해 재봉 가위를 던져버리기도 했다. 시원찮은 날의 녹슨 가위는 드라마틱하게 화면에 꽂히지 않고 거기 떠오른 여배우의 얼굴에 긁힌 상처만 낸 다음 떨어졌다. 그걸 보니 이제는 노인이나 강하에게 이 사실을 알려야만 할 것 같았다. 도시로 나가면 어디든 입원할 만한 큰 병원이 있을 터였고 거기서 그녀의 병이 무언지 밝혀줄 거였다.

그러나 아무리 종일 집을 비운대도 두 사람은 그녀의 상태를 전혀 눈치채지 못하고 있는 걸까? 싱크대야 어차피 찌그러져 있었고 의자나 상 따위 언제 부서져도 이상하지 않을 만큼 낡았으며 티브이도 화면이 나오는 게 놀라운, 고물상에서 업어온 것이었으므로 날마다 조금씩 이 집에 일어난 퇴락과 파쇄를 감지하지 못하는 걸까? 알코올중독인 그녀가 홧김에 건드린 정도로만 알고 있을까? 아니면 단지 그렇게 간주함으로써 보이는 것들을 지우기 위해 노력하는 걸까, 공연히 만지작거리다 부수기보다는, 그런 형태로라도 보존하고 싶은 조심스러운 마음으로. 곤은 찢을 만큼 찢고 긁을 만큼 긁은 끝에 다시 코를 골기 시작한 그녀의 다 풀어진 셔츠 단추를 조심조심 채우며 생각했다.

"눈을 감아도 감은 눈꺼풀 안쪽으로 수많은 별이 빛나. 별이라는 생각은 드는데 색깔은 파랑 빨강이 주를 이루니 현실에서라면 폭죽에 가깝다고 해야 할까. 아무튼 그건 부드럽게 빛났다가 어느새 희미하게 사라지는 보통 별들이 아니야. 톡, 톡! 뛰는 소리를 내면서 부풀어 올랐다가 터지는 거야. 소리만 뛰어 오르는 게 아니라 촉각이 선연해. 누군가 머리 여기, 관자놀이 바로 아래 있는 이 오목한 곳을 따악 딱 두드리듯이. 팝콘 뛰기는 거 본 적 있어? 아니면 콩알탄이라고, 던지는 화약 같은 거 있는데."

곤은 모아 구부린 무릎에 양팔을 얹어놓은 자세로 이녕을 물끄러미 바라보다 고개를 저었다.

"여태 살면서 뭐 했니, 팝콘 튀기는 거 하나 못 보고."

그녀는 피식 웃어넘기고 새 담배에 불을 붙였다.

"그게 다 터진 다음에는 왠지 모르지만 개운해져. 온 얼굴이 팽팽해지고 숨이 잘 쉬어지는 느낌이야. 그때 눈앞에는 바다가 나타나. 바다였나 강이었나 모르겠다. 하여간 저 앞에 있는 호수같이 고인 물이 아니라―그러고 보니 호수가 엄청 달라졌던걸, 어릴 땐 거기서 아이들이랑 술래잡기를 하다 보면 끝에 가선 귀신놀이로 마무리하지 않을 수 없는 분위기였는데 말이야―빠르게 흐르고 출렁거려서 같은 자리에 두 번 다시 발목을 담글 수 없는, 그런 물이야. 주위 허공에는 보라색하고 오렌지색, 연두색이 젖은 종이에 들인 물처럼 퍼져나가는데, 얼마쯤 지나면 바람을 차곡차곡 접어 개켜놓은 듯한 아코디언 모양이 그려지지. 사진으로만 봤던 오로라를 실제로 본다면 그런 느낌일까. 그 빛에 눈이 멀어버릴 것만 같은 감각이, 오로라를 보면서도 느껴질까. 분명 눈에 보이는 이미지인데, 귀로 음악이 들리는 것만 같은 착각을, 오로라를 보면서도 하게 될까. 그와 함께 가슴 어딘가에 고여 있다가 확 번져나가는 따뜻한 물의 속절없음도, 알게 될까.

돌에 부딪쳐 부서진 물살이 머리꼭지부터 나를 덮쳐. 한 방울 한 방울이 얼음으로 만든 바늘처럼 내 몸을 찌르지만 나는 그 자리에서 물러나지 않아. 뒤로 계속 비켜서도 물이 가까이 다가와 찌르는 걸 이미 몇 번이고 경험했거든. 그래서 체념하고 그 물을 다 맞는데, 수많은 물방울들 하나하나를 타고 멸치같이 자디잔 물고기들이 튀어 올라서는 내 피부를 뚫고 들어가는 거야. 그건 한 번도 여자랑 자본 적 없는 초짜가 처음 여자를 사서 어디다 박아야 할지 몰라 마구잡이로 찌르고 쑤셔대는 더러운 감각하곤 비교가 안 되지. 냉장고에서 막 꺼낸 로션을 펴 바를 때처럼 닿기만 하면 풍부한 청량감을 유지한 채 부드럽게 흡수되거든. 그것들이 내 살 속을 헤엄치며 돌아다니는 게 느껴져. 혈관을 타고 흘러가면서 꼬리지느러미를 살랑거리는데 그게 조금도 스멀거리거나 끔찍하지 않고 가볍게 간질이는 손가락 정도의 느낌이라 몸속에는 어느새 따뜻한 물이 고이지. 몸도 가벼워지는데, 그것들이 훑고 지나가면서 몸속에 낀 기름기를 다 먹어치워버리거든. 걔들이 내 몸속에서 말도 건다? 우리말이 아닌데도 나는 다 알아들어. 몸이 서로에게 흡수되면 아무런 통역을 거치지 않고도 뜻이 전달되는 거야. 깨어나면 뭐라고 했는지는 물론 기억나지 않지만 적어도 나를 비웃거나 탓하는 말이 아니었다는 건 분명해.

그러고 나면 물속에서 엄청나게 큰 물고기가 솟구쳐 오르는데 무언지는 모르겠고 그냥 고래보다도 크다고 보면 돼. 고래라고 해봤자 나도 「동물의 왕국」 같은 데서밖에 못 봤지만 말야. 어쨌든 그놈은 물살을 타고 잠깐 솟아오르는 게 아니라 높이로 봐서는 그 자체로 하늘을 나는 것만 같아. 가끔씩 지느러미로 날개를 대신할 뿐 결국 자기 살 곳은 물속인 날치하고는 비교할 게 못 돼. 시선의 방향과 날갯짓으로 봐서 조금만 더 있으면 그놈이 꼭 내게로 내려올 것만 같아. 그런데 그 순간 깨버리는 거야. 이제 막 놈이 나를 자기 등에 태워주려는 참이었는데, 매번 똑같은 데서 끊어지니 허무하고 초조해.

그걸 몇 번 반복하다 보니까, 내가 이걸 먹는 이유는 오로지 내게로 내려온 놈의 등을 타고 하늘을 날아오르는 데 있다고 생각되는 거야. 효과가 조금만 더 오래가면 그다음 책장을 열 수 있을 텐데, 놈이 나를 단 한 번만 구름 사이로 데려다준다면 나는 더 이상 이걸 안 먹어도 살 수 있을 것 같다고. 그러려고 어느 날은 한 번에 두 봉을 먹어도 봤는데 잠만 더 깊이 오래 잤을 뿐 장면은 언제나 거기서 끊어졌어. 놈의 그다음 행동이나 반응이 궁금했던 건데, 늘 같은 부분만 슬로모션으로 돌려서 러닝타임만 잡아 늘였을 뿐 결말을 볼 수는 없는 거야."

곤은 어째서 그런 이야기를 아버지와 아들 대신 생면부지의 타인인 자신에게 하는지 묻지 않고 말없이 가끔 고개를 끄덕이기만 했다. 어쩌면 그녀로서는 다른 선택의 여지가 없는데, 하루 종일 밖에 나가 있는 셈인 가족에게 말할 틈도 없는 데다 설령 그들이 가까이 있어서 그녀의 말을 한마디도 놓치지 않고 경청해준다 한들, 이야기 내용이 그래서야 이해를 받기는커녕 칼부림이나 나지 않으면 다행일 터였다. 곤은 아무리 세상 물정에 어두워도 그녀의 꿈속 풍경을 만드는 원인과 그 세계에 접속하는 도구가 결코 합법적이지 않다는 사실만큼은 알아챌 수 있었다.

그녀는 이를테면 눈앞의 곤을 사람이 아니라 상에 놓인 반투명 플라스틱 물통 정도의 사물로 간주하고 말하고 있었다. 그건 잘못된 일이며 그만둬야 한다고 말하지 않을 사람. 그러면서도 이해와 공감을 구할 필요 없이 어떤 이야기든 담아 봉인할 수 있는 상자와도 같은 존재.

"······내 얘긴 됐고, 넌 한창 이리저리 뛰어다닐 나이에 이런 좁아터진 집에서 답답하지 않아? 뭐 좋다고 이런 데 붙어 있어서는."

아줌마를 혼자 두면 위험하니까요······. 곤은 가볍게 미소 지으며 어깨를 으쓱해 보였다.

"가끔 호수 나가요. 호수 넓고 좋은데. 보셨다면서요, 산뜻해졌다고······."

가끔 정도가 아니지. 곤은 그 뒤로 강하가 떠민 적 없어도 밤 호수에 종종 들어갔다 나올 만큼 그 행위에 익숙해져 있었다.

몇 년이 지나는 동안 곤의 몸은 물에서 장시간을 지내기 적합한 쪽으로 꾸준히 조금씩 변했기에—물에 머무는 시간이 늘어나 그 습관에 따라 몸이 변한 것인지, 몸이 변해서 물에 더 오래 있게 된 것인지는 알 수 없었으나—곤은 이제 한겨울에도 호수 밑바닥까지 깊이 들어가 물고기들과 어울리는 데 어려움이 없었다. 물고기들과 곤은 어느새 서로한테 익숙해져 곤은 곤대로 그들의 신체적 특징을 기억할 정도가 됐고, 그들은 곤이 접근하는데도 피하지 않고 그의 주위를 감돌곤 했다. 이녕이 들려준 이야기 가운데 적어도 통역 없이 의사소통이 가능하다는 느낌만은 어떤 것인지 알 수 있었다. 오랜 헤엄 끝에 가끔 수면 위로 고개를 내밀면 수서곤충들의 촉감을 비롯하여 공원 입장객들이 뿌린 테트라민 냄새, 물고기들의 각종 분비물과 선태식물의 냄새가 이제는 익숙하다 못해 정다워질 지경이었다. 들어간 김에 곤 자신은 돈을 필요로 하지 않았으나 가끔은 물속에 잠겨 있던 동전들을 수거하여 강하의 비상금 상자에 말없이 넣어두기도 했다. 강하는 자기 상자가 얼마나 무거워졌는지를 모르는 모양이었지만 늦은 밤이나 새벽 집에 돌아올 때마다 집 안 공기를 감싼 보유스름한 습기와 농후한 물 냄새는 알아차리는 듯했다.

물에서 나와 집까지 오는 그 짧은 동안 인간으로서 느낄 수 있는 추위는 문제가 되었기에 곤은 굳이 한겨울까지 입수하지는 않았지만, 자신이 호수를 찾아가 거기 들어가지 않고는 못 배기는 건 그녀가 입에 약을 털어 넣는 행위와 닮았을지도 몰랐다.

"암만 바뀌었어도 나는 호수 별로야. 가만 바라보고 있으면 거기 뛰어드는 것 말고는 할 수 있는 일이 아무것도 없다는 생각이 드니까. 너 거기 수심이 얼만지나 아니."

그럼요, 하루가 멀다 하고 직접 재보는걸요. 곤이 미소로 얼버무리자 코웃음치고 이녕은 돌아앉아선 서랍장을 열었다. 개켜놓은 옷을 한 벌 한 벌 들치면서 남아 있는 약 봉투의 개수를 세어보니 그 수야말로 자신의 수명을 표시하는 듯했고 그걸 셈하니 삶에 뜻밖에 끼어들지 모를 우연이나 돌발적 사태들을 감안하더라도 앞으로 길어야 한 달 남짓으로 보였다.

곤은 여느 때처럼 잔잔한 물속에 오랜 시간 머물러 있으면서 세상 어떤 것으로도 대체 불가능한 안정감과 충족감을 누리던 중이었는데, 문득 무리 지어 이동하는 느린 물고기들 가운데 유난히 움직임이 처지면서 불편해 보이는 한 마리가 눈에 띄어 그리로 다가갔다.

이제 곤이 물속에서 움직이는 속도는 물고기들과 별다를 바 없었고 그들 또한 곤이 다가오는 걸 경계하지 않아서 녀석을 간단히 손에 넣었는데, 녀석이 이상해 보였던 건 몸 자체가 남달라서가 아니라 몸에 걸린 금속 때문이라는 사실을 알았다. 날카로운 쇳조각 같은 게 아니라 시곗줄 정도이며, 몸을 트는 대로 더욱 단단히 감긴 듯했다. 호수 입장객들이

음료 캔 꼭지나 뚜껑을 물에 던져버리는 일은 흔했으나 이렇게 긴 줄이 자칫 숨통을 죌 수도 있었던 위험한 상황은 처음이었다. 물속에서는 손가락이 자유자재로 움직이지 않았으나 신중하게 잡아서 천천히 앞뒤 방향으로 되감았다 풀기를 반복한 끝에 해방시켜주었다. 녀석은 몸에 약간 찢긴 상처가 남았으나 눈에 띄게 기뻐하며 곤의 손에서 떨어져 나와서는 자기 무리를 따라 헤엄쳐가기 시작했다. 등지느러미가 인사를 건네는 손처럼 흔들렸다.

곤이 수압 때문에 더욱 묵직하게 느껴지는 금속을 손목에 단단히 감은 것은, 그것이 달과 몇 개의 가로등에서 나오는 희미한 입사광선을 받아 예쁘게 빛나서였다.

호수에서 막 나와 돌계단을 밟았을 때, 뒤쪽 어딘가에서 왠지 바쁜 발소리와 함께 거기 누구야! 하는 소리가 다가왔다. 침침한 불빛과의 거리가 그 이상 줄기 전에 곤은 돌아보지 않고 달렸다. 그 목소리는 그동안 호숫가에 밤이면 출몰하여 물속을 헤집고 다니는 무언가의 존재를 주시하고 있었다가 오늘 기어이 포착하기를 별렀다는 듯이 낮고 침착하며 엄정했다. 그 손에 닿으면 멱살이 잡히는 걸로 끝나지 않을 터였다. 가로등 아래 머리를 조금만 젖히면 드러날, 또 다른 숨구멍을 들키고야 만다면. 전력질주하는 곤의 몸에서 튀어오르는 물방울이 불빛 사이로 흩어졌다.

한낮에 잠에서 깨어나 물그릇을 찾으려 더듬다가 이녕은 머리맡에 놓인 유리 재떨이에 손이 닿았다. 재떨이는 깨끗이 비워져 세척되어 있었는데 그 안에 보석 펜던트가 박힌 금목걸이가 들어 있었다. 예전에 이런 물건을 썼던 기억이 없는데 누구 것인지 의아하게 여기며 들여다본 목걸이는 흠집 없이 깨끗했고, 그걸 담은 그릇이 재떨이만 아니었어도 새것으로 착각했을 터였다.

그녀는 주위를 둘러보았으나 늘 그렇듯 노인과 강하는 물론 이번에는 곤도 보이지 않았다. 다시 목걸이를 내려다보다가 집어서 만지작거렸다. 펜던트에 박힌 보석은 싸구려 유리 모조품일 테지만 펜던트 뒷면에는 작게 14K라고 새겨져 있었다. 이 집에 이런 여성용 목걸이를 걸었을 만한 사람은 아무도 없었고, 강하가 제정신이며 세속의 상식이 있다면 다 쓰러져가는 양철 지붕 아래로 여자친구를 데려온 적도 없을 터였다. 노인은 재활용품을 주워다 파는 일을 자주 했으므로 고물 안에서 묻어 나온 것일지도 몰랐으나, 이 집에 돌아온 이튿날 망치와 십자드라이버가 날아다니는 싸움 끝에 대화는커녕 어쩌다 얼굴 한번 마주칠 때마다 찬바람을 일으키며 지나치는 아버지가 이렇게 와인 잔에 반지를 빠뜨려 내미는 수준의 짓을 할 것 같지는 않았고, 설령 그랬대도 미안하거나 고맙다기보다는 노인네가 드디어 노망났는지를 의심해야 할 만큼 소름 끼치는 일이었다.

남은 사람은 그나마 곁에 있고 얘기 한마디라도 들어주는 곤뿐이었다. 동정도 경멸도 없이 무해한 시선을 건네는, 어디서 왔는지 모를 아이. 그녀는 누가 훔쳐 왔든 주워 왔든 결과적으로 이것이 자기에게 특별한 이유 없이 주어진 선물이라는 사실을 받아들였다.

그녀는 작은 탁상 거울을 앞에 두고 목걸이를 걸어보았다. 목걸이의 금빛은 생기 없고 까칠한 민낯을 관통하여 조금의 표정을 얹어주었다. 옷은 남루하고 머리는 헝클어져 전체적으로는 어울리지 않았으나, 귀금속에 대해 전혀 모를 아이가 보고도 그냥 지나칠 걸 일부러 구해 와서 머리맡에 놓아주었을 장면을 생각하니 힘내서 몸을 일으키지 않을 수 없었다.

마당에서 자디잔 거품을 일으키며 머리를 감는 곤의 뒷모

습을 보고 소리 없이 다가가 등이나 옆구리를 찔러 놀래줘
야겠다고 장난스러운 마음을 먹은 순간, 그녀는 멈춰 섰다.

　균형 잡히고 탄력 있는 아이의 등은 견갑골이 움직일 때
마다 현란한 빛이 났다. 그 빛은 그녀가 지금 걸고 나온 목
걸이에 박힌 보석인지 유리 조각인지 모를 펜던트와는 비
할 바가 아니었다. 햇빛을 얻어 반사해야만 하는 구차한 물
리적 존재들과 달리, 아이의 등에 돋아난 것은 그 자체가 빛
의 절대량을 보유하고 있어서 그토록 청완하고 눈부신 것만
같았다. 그 등에서는 마지막으로 언제 가보았는지도 기억이
가물거리는 바다 냄새가 끼쳤다. 아이의 몸에 밴 것은 그저
수돗물이나 호수에 지나지 않을 텐데도, 그녀는 바다를 느
꼈다. 어쩌면 꿈속에서 목격한 바로 그 물터 같기도 했다. 그
리하여 그녀는 명치 부근에서 부풀어 오르다 자신을 덮치는
감정의 파고에 편안히 몸을 내맡겼고, 꿈속의 한순간에 잠
시 굽이쳐 들어갔다. 그리고 눈을 뜨니 아이는 머리를 헹구
는 중이었고 그녀가 목격한 광휘는 어디 사라지지 않고 거
기 그대로 있었다.

　그 등을 보면서 그녀는 그 아이가 어디서 왔으며 왜 바깥
세상과 인연을 맺지 않고 이리 적적한 곳에 스스로를 은닉

하여 조용히 지내고 있는지, 강하와 아버지는 어째서 이 아이에 대해 한마디도 들려주지 않았는지 알 수 있었다.

"너 참······."

그녀는 자신이 약을 하지 않았더라면, 늘 조우하기 직전 사라져버리는 거대한 물고기를 환상 속에서 본 적 없다면 결코 이해하지 못했을 일이라고 생각하며 미소 지었다. 그리고 놀란 나머지 헹군 머리에서 떨어지는 물을 닦을 생각도 못 하고 이쪽을 바라보며 서 있는 곤에게 이어서 말했다.

"예쁘다."

그러자 곤은 한 마리의 생선이 되어 도마 위에서 토막 나지 않도록, 자신의 살과 내장에서 간유를 짜내고 그 찌꺼기가 어박과 어분으로 분리되어 어느 짐승의 입에 들어가지 않도록, 어딜 가든 감추는 데 급급해온 자신의 몸이 누구도 들려준 적 없던 그 말 한마디로 구원받은 것만 같았다.

새벽에 셔터를 내릴 때까지 버티며, 손님 정말 죄송합니다만 저희가 마감이거든요, 곡진히 말하는데도 목이 타니 물을 한잔 더 달라는 둥 화장실 타일이 미끄럽다는 둥 시비를 걸면서 끝까지 안 가기로 작정하고 깽판을 놓던 취객이 오물을 바닥에 처갈기고 퍼질러 앉은 것까지는 수습할 만했다. 그러나 진짜 목적은 달리 있었던 듯 기어이 동갑내기인 여자 종업원에게 음담패설과 함께 수작을 거는 바람에 강하는 취객의 어깨를 떠밀어버렸다. 우중충하고 쉰내 나며 무거운 몸뚱이를 바닥에 메다꽂은 게 아니라 단지 의자에 밀어 앉혔을 뿐이지만 상대는 이때를 기다리기라도 한 듯 응수하여 가게의 4분의 1이 난장판이 되어버렸다.

오전에 가게에 들른 주인은 강하에게 파출소 다녀오고 가게 정리하느라 수고 많았다며, 오늘은 조카가 잠깐 와서 홀을 봐주기로 했으니 너는 나오지 말고 집에서 쉬라고 말했다. 강하는 이것이 점잖은 해고 통지의 한 방식인지 순전한 배려에서 나오는 호의인지 알 수 없었고, 매장 피해 금액이나 혹시 발생할지 모를 합의금 등의 책임을 물리지 않는 것만으로도 고마워해야 하는지 잠깐 헷갈렸으나, 전날 밤의 피로가 겹친 상태여서 나중에 맑은 정신으로 따져 묻기로 하고—그 기회를 실제로 얻지 못하리라는 예상 정도는 하면서—일단은 집에 돌아오는 길이었다.

그는 언제나처럼 습관적으로, 호수에 딱히 정을 붙인 건 아니고 호수의 넓이상 지름길이라고 볼 수도 없지만 호수공원을 가로질러 오고 있었다.

주말인 데다 하늘도 높아 호숫가에는 가족 단위의 많은 사람들이 나들이를 나와 있었으며 보도 자료 배경으로 쓸 영상물을 찍어가는 지역 케이블 방송국에서 카메라를 들고 오가는 모습도 여느 때와 같아 평소대로 지나치려는데, 한 여성 리포터가 마이크를 들고 강하 앞으로 다가왔다.

"실례합니다. 잠깐 시간 좀 내주실 수 있으세요?"

"네?"

"이내호 근처 사시는 주민분들께 저희가 뭐 좀 여쭤보려고 하는데요."

"뭘요?"

"저희는 지역 케이블 방송국에서 미스터리 관련 오락 교양 프로그램을 담당하고 있어요."

리포터는 방송 프로그램의 제목이 적힌 대본 표지를 슬쩍 들어 보였다. 과연 그 입으로 직접 말하기 싫을 만큼 민망하고 유치하고 길기까지 한 제목이었다. 원제는 「세상에 있을 수 없는 모든 일들에 대한 기록」인데 보통은 줄여서 「세모기」라고 부른다는 거였다.

"그런데요?"

"혹시 여기 사시면 이 호수에 관계된 소문을 알고 계신지, 밤에 가끔 뭔가 이상한 게 호수에서 나온다고 해요. 실제로 목격한 사람들도 있는데 어두운 데다 너무나 빠르게 움직이는 바람에 아무도 확실히 보거나 사진을 찍지 못했다는 거예요. 그래서 저희가 여기 며칠 잠복할 예정인데, 그런 수상한 존재에 대해 혹 들어본 적 있으시면 간단하게 인터뷰에 응해주셨으면 해서요."

강하는 하마터면 한숨을 쉴 뻔했으나 한순간 거의 반사작용에 가까운 판단력이 작용하여 한숨을 코웃음으로 바꾸는 데 성공했다. 그러니까 꼬리가 길면 이렇게 된댔지, 빌어먹을 물고기새끼, 물고기새끼! 꼬리를 잘라버려도 시원찮다. 쟁반만 한 이내촌이며 컵에 담긴 물과 같은 이내호였다. 도대체가 그 세월 동안 아무의 눈에도 띄지 않았다는 사실이 이상할 만큼 녀석은 위험한 밤 나들이를 계속해왔다. 마음속 수면에 불쾌하고 탁한 거품이 일었다. 그러고 보면 그동안 대화가 거의 없어지면서 너무 멋대로 풀어놔준 듯싶기도 했다. 이내호는 가정집 어항이 아닌데, 성분 모를 물고기 따위가. 리포터가 원하는 대답이 무엇인지 알았으나 강하는 일부러 딴청을 피웠다.

"글쎄요 저는 잘, 여기 워낙에 옛날부터 시체 나오고 그랬다고만 알아서요. 확실한 것도 아니지만 아무래도 그런 요소랑 관련이 있지 싶은데요."

"네, 그건 저도 들었어요. 하지만 방송에서 그런 공포스러운 내력은 좀 편집을 할 거고요, 저희가 제보를 받은 건 이 호수공원이 깨끗하게 정비되고 난 뒤 최근에 이르기까지의 사례거든요. 자살한 분들 얘기가 아니라 살아 있는 무언가가 물에서 나온다는 거였어요. 그리고 그건 물고기나 다른 동물이 아니라 사람처럼 보인다는 목격자의 말들이 좀 있는데…… 아는 바 없으세요?"

미세한 변화조차 없이 심드렁한, 폐쇄적이면서도 거의 마비에 가까운 강하의 표정을 보고 리포터의 말투는 점점 실망스럽다는 듯이 처졌다.

"모릅니다. 본 적도 들은 적도 없어요."

"근처 사시는데 혹시 밤에 호숫가에서 나는 물소리를 들으신 적은요?"

"난 근처 산다고 말하지 않았는데요. 물에서 나올 게 물고기밖에 더 있겠습니까. 물고기예요, 물고기."

그렇게 얼버무리며 강하는 이미 몸을 절반쯤 돌려 걸어

나가고 있었다.

"아니, 물고기는 물에서 나오면 살 수 없다는 거 세 살짜리도 아는데, 그러지 마시고 좀, 정 불편하시면 그냥 저희가 임의로 대본 드리는 거 읽어만 주셔도 되는데요."

그러나 강하는 리포터의 손을 뿌리쳤고, 리포터는 일행에게 카메라 치우라고 손짓을 보내며 완전히 김새버려서 못마땅하다는 표정으로 고개를 까딱했다.

강하는 자기가 이내촌 쪽으로 발길을 돌리는 뒷모습을 그들이 보지 못하도록 일부러 방향을 바꿔가며 빠른 걸음으로 그 자리를 피해 나왔다.

"야, 금붕어 ─ ."

사람들에게 모습을 들킨 건 이제 와서 어쩔 수 없는 일이고 앞으로 호수에는 들어가지 말라고 말할 셈이었으나 강하는 문턱을 넘어서기 전에 멈칫했다. 손으로 일일이 금실 자수를 놓은 얇고 구름 같은 이불이 바닥에 펼쳐져 있었는데, 그 이불은 강하의 외할머니가 시집왔을 때 혼수로 해온 것이라고만 알았을 뿐 노인이 장 깊숙이 묻어둔 채 단 한 번도 강하를 위해 꺼내준 적 없는 것으로, 당시로선 문화재급의

장인이 만들었다 하여 지금도 이 집에서 가장 고가의 물건
일 터였다.

그것이 지금 끌려 나와 두 사람의 몸을 덮고 있었다. 두 사
람은 나란히 한 방향을 보고 모로 누워서 눈을 감고 있었으
며 둘 모두 맨어깨가 드러나 있었는데 그걸로 짐작 가는 두
가지라면 어머니가 곤의 몸에 대해 알아버렸으리라는 것과
두 사람 사이에 무슨 일인가가 생겼다는 사실이었다. 강하
는 당장 다가가 오수에 빠진 두 사람에게서 이불을 찢어발
길 기세로 벗겨버리고 싶었지만 앞으로 한 발 내밀기만 하
면 힘이 빠져나가 그 자리에 엎어지리라는 걸 알았고, 버티
어 서는 데만 온 힘을 짜내다 자신의 몸이 송두리째 방전될
것을 알았다.

그때 곤이 인기척을 느끼고 눈을 떴다.

"어? 왜 이렇게 일찍 왔어, 지금 낮인데."

곤이 눈을 비비며 상반신을 일으켜 앉자 그의 몸에서 나
는 빛이 집 구석구석 흥건하게 퍼져나갔다. 곤은 머리를 긁
적거리다 옆에 모로 누워 있는 이녕을 심상히 내려다보았
다. 그 모양으로 보아 곤은 자신이 무얼 했는지 또는 겪었는
지 아니면 당했는지에 대한 개념 자체가 전혀 없는 듯했지

만 강하는 구둣발 그대로 성큼성큼 쳐들어가서 이불을 낚아 챘다.

이불이 허공에 펄럭이면서 두 사람에게서는 시크무레한 물 냄새가 튀어 올랐지만 문제의 장면은 강하의 상상에 미치지 않았다. 그러나 대체 이들이 할 거 다 하고 그나마 옷은 주워 입었는지 아니면 순수하게 낮잠을 잤을 뿐인지 알 수 없었던 것이, 곤은 빛바랜 청바지 차림이었고 이녕은 물방울무늬의 붉고 기다란 플레어원피스를 입고 있었는데 어깨끈 한쪽이 흘러내려와 있었다.

"당장 일어나."

이쪽한테 물어보는 게 빠르지 싶어 강하는 어머니의 어깨를 잡아 흔들었지만 그녀는 축 늘어진 채 눈을 뜨지 않았다.

"일어나, 설명해! 이게 다 뭐 하는 짓이야."

"소용없어."

곤이 중얼거렸다.

"뭐, 이 새끼야?"

"그 상태론 안 일어나셔."

곤은 그녀가 보통 약 기운이 다 떨어진 다음 한두 시간을 더 자야 눈을 뜬다는 사실을 알고 있었고, 그녀는 최근 약을 복용하는 시간이 점점 앞당겨지고 있었기 때문에 지금쯤이면 오늘 치 약을 이미 먹었을 때라고 판단했다. 간격이 밭아진 걸로 보아 약에 의존하지 않고서는 견딜 수 없는 시간이 늘어났을 터였다. 불안이 곤의 마음에 침전물처럼 가라앉았으나, 그것을 제어해야 한다는 확신을 갖기에 그의 입장은 아직까지는 모호하고 감정은 막연했다.

강하는 이녕의 어깨를 도로 뉘어놓고 곤의 목을 한 손으로 붙들었다.

"그럼 네놈이 말해. 무슨 짓을 했는지."

"짓? 무슨 짓?"

곤의 혼란스러운 얼굴은 자기한테 무슨 일이 일어났는지 모르고 따라서 강하의 말뜻도 이해할 수 없어서인지, 그게 아니면 상황을 충분히 인지한 상태로 다만 그 현실을 받아들이기 힘들어서 그런 것인지 불분명했다. 곤의 목을 잡은 강하의 손에 힘이 들어갔다.

"개수작 부리지 말고 이 여자랑 뭘 어쨌는지 말 안 해?"

"보면 알잖아."

곤은 평화로운 오수에 대해 말하고 싶었을지 모르지만 강하는 '네가 뭔데 상관이야' 내지는 '보시다시피 우리 그런

짓 했어'라는 뜻으로 받아들였다. 강하는 다른 쪽 손으로 앉은뱅이식탁 위에 놓인 먹다 남은 사과 접시를 더듬어 그 옆에서 과도를 집었다.

"애초에 네놈을 주둥이부터 꼬리까지 갈라버려야 했어."

강하는 여전히 눈빛으로 혼란과 결백을, 또는 무지를 주장하는 듯한 곤의 턱 밑에 과도 끝을 가져갔다.

"갈라서, 저며서, 다져버려야 했어."

곤은 눈을 감았다. 웬만큼 전문적인 칼잡이가 아니고서야 이 작은 칼로 살을 조금 벨 수는 있을지언정 포를 뜨거나 회를 칠 수는 없을 터였다. 잠깐만 말없이 참거나 신경 쓰지 않는 양 담담하게 구는 쪽이 더 큰 유혈 사태를 막는 데 도움이 된다는 걸 그동안 익히 겪어왔다.

"빌어먹을 고기 새끼 주제에."

강하는 칼끝으로 천천히 턱선을 따라 얕게 그어나갔다. 그 자리가 붉고 뜨거운 습기로 채워지더니 부풀어 오르다 갈라진 피부 밖으로 피가 새어 나오기 시작했다. 피는 붉은색, 보통 사람과 똑같고 대부분의 물고기와도 같은. 진화를 말하는 이들에 따르면 세상의 어지간한 동물은 바다 밑에서 올라와 서로 갈라졌다지. 도마에서 허공으로 점점이 튀어

오르던, 분홍빛이 감도는 투명한 살점. 곤의 어깨와 가슴과 등허리에 이제는 누가 봐도 알 만한 눈부신 비늘은 한 조각 한 조각이 오색 자개를 붙여놓은 공예품처럼 빛났고, 간간이 배나 등 어딘가에서 보이는 지느러미는 너무나 작아 물속 생활에 별로 도움이 안 될 것처럼 보였지만 도톰하고 투명했다.

"이 여자가 뭐라던? 이 꼴을 보고."

칼끝이 천천히 쇄골에 내려와 닿는 사느란 감각에 곤은 오히려 정신이 맑아진 데다 반감마저 솟아나 이렇게 말하고 싶었다. 아주머니는 너랑 달라서 얼굴을 찡그리지 않았으며 징그럽거나 무섭거나 최소한 낯설다는 말 대신, 예쁘다고 해줬다고. 또는 이렇게 말할 수도 있었다. 이게 이상하지 않으세요? 라고 머뭇거리며 물었을 때, 처음부터 숨기고 있었던 노력이 허무할 만큼 그녀는 산뜻하게, 비록 범속한 위로에 불과하더라도 너는 너일 뿐이라는 말로 이 모습 그대로를 받아들여주었다고. 그런 걸 보면 그동안 네가 끊임없이 상기시켰던 타인의 기준이나 눈길이나 호기심이나 그로 인한 위험 요소 같은 것들이, 실은 별것 아닌 우려에다 일어나지도 않은 일을 두고 조바심을 친 지레짐작이었으리라고.

그것에 이루 말할 길 없는, 어쩌면 분노에 가까운 서운함마
저 느낀다고.

"칼 안 치워?"

어느새 이녕이 부스스 일어나 앉아 이렇게 한마디 내뱉는
바람에 강하는 움찔하여 하마터면 그대로 곤을 찌를 뻔했다.

"네가 깡패 새끼냐. 어디서 그런 것만 배워먹었는지. 칼
안 내려?"

강하는 곤의 목을 밀어 넘어뜨리고 칼끝을 식탁에 꽂았
다. 곤은 압박 상태에서 참았던 기침과 호흡을 천식 발작처
럼 토해냈다.

"이 새끼랑 뭐 했는데?"

"우연히 알아가지고…… 너도 이미 알겠지, 예뻐서 잠깐
보여달라고 그랬다. 얘기 좀 하다가 애가 피곤해하기에 자
라고 놔뒀고. 나도 어지러워서 약 먹고 잤다. 왜?"

강하는 어머니의 태연한 태도와 곤의 몸 상태를 알고서도
곧바로 잠들 수 있는 느슨한 신경 줄이 놀라웠다.

"놀고 있네. 뭐 하느라고 이 이불까지 끄집어내냐고. 나도
십몇 년을 만져본 적도 없는 것을, 무슨 짓거리들을 하는 데
필요해서 그 구석에서 꺼내는데?"

"그게 억울하냐? 내 엄마 거고 네 외할머니 거다. 왜, 네가 진작 갖다 썼으면 될걸 어디다 화풀이야."

그녀는 내려다본 아이의 잠든 옆모습이 예뻐 보여서 적어도 이 정도쯤은 되는 고급품으로 덮어줘야 한다는 충동에 사로잡혔단 말까지는 하지 않았는데, 어차피 강하에게 자신의 상태와 정신세계를 이해받을 수 없다고 생각했다. 그것까지 이해시키려면 자신이 언제부터 약을 해왔고 어떤 환상들을 보는지, 그것들이 얼마나 아름답고 자극적이며 깨고 나면 안타까운지, 그 아쉬움을 조금이라도 상쇄할 수 있는 현실의 아름다움에 이 아이의 존재가 얼마나 근접해 있는지를 설명해야 했는데, 약 기운이 다 떨어지지 않은 지금은 그런 논리적인 일 자체가 불가능했고 구차하며 귀찮았다.

거기에 대수롭지 않다는 듯 툭툭거리긴 했지만 또 다른 종류의 충동이 솟아났음을 완전히 부정할 수 없기 때문이기도 했다. 처음 아이가 잠든 모습을 보면서는 다만 햇볕에 잘 마른 순면 옷을 입혀주고 싶은 기분과 유사한 것으로, 상상 속의 그 옷은 이 아이에게 잘 어울릴 것이며 이 아이의 몸에 닿을 때만이 가치가 있을 거라는 정도의 생각이었다. 그런데 그녀가 약을 먹기 전쯤 그런 소소한 감상과 충동의 부스러기들이 뭉쳐서 구체화되더니, 그녀는 잠든 아이의 등을 오래도록 어루만지다 붙어 있던 비늘을 손가락 끝으로 살짝 들어 떼어보려고도 했다. 천천히 잡아당겨보았으나 뜻밖에 그것은 단단하게 붙어 있어서 그저 손 닿는 대로 벗길 수 있는 껍질 수준이 아니라 몸과 일체라는 사실을 확인할 수 있었다. 좀 더 힘을 주니 피부가 팽팽하게 당겨져서, 한 장쯤 떼어낸들 피가 맺히거나 상처가 남을 것처럼 보이지는 않았지만 아이가 곧 깰 것만 같았다.

그녀는 공복에 약을 먹은 뒤 이불 속으로 들어가 모로 누운 아이의 옆에 누워서는 살짝 혀를 내밀어보았다. 혀끝에 닿은 등은 만질만질하고 따뜻했다. 혀를 조금 옆으로 옮겨 가자 비늘이 닿았다. 아이가 뭍에서 보내는 시간이 더 많을 것임에도 비늘에서는 물맛이 났고, 굳이 분류하자면 이 아이는 민물고기에 해당할 테니 바다 냄새와 짠맛이 간혹 느껴진 건 반복되는 꿈속에서도 충족하지 못한 그녀의 소망이 일으킨 환각일 터였다.

그런 여러 가지 사안을 말로 표현하는 대신 그녀는 함구를 선택하고 돌아앉아서 곤의 턱에 난 상처를 수건으로 누르기만 했다.

"애 얼굴을 왜 그어, 긋긴. 미친놈."

"……영감태기 눈에 안 띈 걸 다행으로나 알아. 배에 구멍 뚫어서 호수 바닥에 처넣어버렸을지 모르니."

마침 그 호수와 관련하여 할 말이 있었지만 강하는 간밤의 소동으로 인한 피로와 눈앞의 혼란을 더는 견디지 못하고 일어났다. 이 인간들하고 한집에 있으니 읍내로 돌아가는 게 나을 듯싶었다. 그대로 돌아 나와 현관문 고리를 따는데 곤이 남방셔츠를 꿰면서 다급히 마당까지 쫓아 나왔다.

"뭐야?"

"중요한 얘기야."

그 말로 일단 발걸음을 붙들어놓고 곤은 거친 콘크리트 바닥으로 이루어진 회색빛 마당과, 붉게 녹슨 현관과, 구석에 놓인 낡은 수레를 향해 차례로 눈길을 돌리며 뜸을 들였다. 이제 입을 열면 돌이킬 수도 내버려둘 수도 없는 무언가를 시작해야 한다는 압박감, 그 감정에 질서와 가치를 부여하는 건 그녀를 돕고 싶다는 단순 명료한 마음이었다. 그전까지의 망설임이나 의혹, 경계 같은 것들은 '너, 예쁘다'는 말의 울림을 귓전에 떠올리자 조금씩 엷어졌다.

"짧게 끝내라. 피곤한 건 둘째 치고 집 안 꼴부터 구역질

나니까. 더러운 새끼."

"그런 소리 들을 만한 일 한 적 없고, 혹시 아는지 모르겠는데…… 아주머니는 많이 편찮으셔."

"그게 하루 이틀 일이야?"

"저대로 두면 위험해."

"자업자득이야."

"내가 말하는 위험은 그러니까 그런 게 아니고, 지금은 옛날 일을 원망할 때가 아니야."

"아는 척하기만 해, 죽인다."

원망과 절망 사이, 경멸과 환멸 사이 어디쯤 자리한 감각을 강하는 곤에게 설명하려 들거나 그 자신이 이해를 시도하지 않았다. 그 대신 곤을 슬쩍 떠밀고 현관을 나섰다. 미로 같은 좁은 골목을 빠져나가기 직전, 이내촌 근처에서 아직 맴돌고 있을 케이블 방송 관계자들이 떠올라 멈추어 섰다.

"따라와도 죽어. 이번 주말까지는 집 밖으로 나오지도 말고. 어지러워 돌아버릴 지경이니까 이유는 묻지 마."

강하가 밖에서 뭔가 평소와 다른 행사나 심상치 않은 낌새가 있을 때 낯짝도 내놓지 말고 처박혀 있으라고 으르댄 건 한두 번이 아니었기에, 곤은 새삼스레 거기에 의문을

167

제기하지 않았다.

"그건 알았으니까…… 내 말도 들어."

목소리는 다소 작아졌으나 강경한 어조로 곤은 물고 늘어졌다.

"저 여자 얘기 계속할 거면 안 들어."

"제발! 아주머니가 드시는 약이 이상한 것 같다고."

강하는 인간과 어패류 사이 어디쯤 있는지도 분명치 않은 어린애가 뭘 알까 싶어 코웃음 쳤다.

"약이 이상해? 팔자 늘어지는 소리 하고 자빠졌네. 알코올중독 치료제에 대해 네가 뭘 알고. 벤조디아제핀, 티아민, 또 뭐더라? 부작용 없는 약은 없어. 약이라곤 입에도 안 대본 네놈은 모르겠지만."

"그런 가벼운 부작용이 아닌 것 같아. 자꾸만 이상한 행동을……."

"아, 돌겠네. 그렇게 걱정되면 저 여자가 그놈의 약들 못 처먹게 다 쓸어다 버려. 간단하잖아?"

강하는 곤을 뿌리치고 골목 끝에서 좌우를 한번 돌아본 다음 그대로 걸어갔다. 강하의 말은 약에 문제가 있다는 사실을 이미 안다는 뜻인지, 알면서도 인생의 가장 중요한 시간에 자신을 철저히 방기한 여인을 애써 외면하고 싶음인지 다소간 위험을 무릅쓰고라도 묻기 위해 곤이 두어 걸음 더 따라나섰을 때 강하는 이미 누군가에게 전화를 걸고 있었다. 상대는 친한 친구라도 되는 듯 그 내용은 잠깐만 너희 집에서 눈 좀 붙이자는 가벼운 부탁이었는데, 휴대전화의 수신음이 최대로 올라가서인지 수화기 너머에서 한 여성이 선뜻 그러라며 웃음을 터뜨리는 소리가 유난히 선명하게 울렸기에, 곤은 발걸음을 멈춘 채 그 울림이 멀어지는 소리를 듣고 서서 하려던 말을 몸속에 붙들어버렸다.

그리고 정말로 곤은 그렇게 했다. 약을 먹어서 그녀가 오히려 이상해진다니 약을 먹지 못하게 하면 될 일이라는 강하의 말이 그럴듯하게 들려서는 아니었다. 그건 부모에게 애매하게 얻어맞은 아이가 돌멩이나 문짝에다 발길질하는 것과 같은 차원의 분풀이에 가까웠다. 곤은 그녀가 쓰레기통에서 약을 도로 줍지 못하도록 한 봉 한 봉 풀어다 변기에 흩뿌리고는 하얗게 날리는 가루가 물속에 잠겨 녹아들어가는 모습을 내려다보았다. 마지막 한 봉지의 포장을 벗기다 모로 누워 잠든 그녀의 뒷모습을 잠깐 돌아보기는 했다. 감

탄과 경의를 담고 자신의 어깨와 가슴을 쓸어내리던 손길
하며, 예쁘다, 라는 다소 심상하고 단편적인 한마디를 떠올
릴 때마다 어린 날 입속에 오래도록 머물렀던 밀크캐러멜
같은 감각이 솟아오르곤 했지만 이제는 그런 손길도 목소리
도 마지막 한 점 가루의 용해와 함께 더 이상은 없을 터였다.

　곤은 그녀가 약을 먹을 때 보는 환각보다 먹지 못할 때 보
는 환각이 더 심각하다는 사실을 몰랐으므로, 그 일을 들켜
보았자 그저 그녀가 화내거나 더 이상 망가질 데도 없는 세
간을 부수기밖에 더하겠나 싶었다. 그런데 남은 약이 모두
사라졌다는 사실을 알고 그녀는 좁은 집 안을 불안하게 왔
다 갔다 하며 이미 들쑤셨던 서랍장을 모조리 빼다가 바닥
에 엎어버리는 한편, 머리카락과 담뱃재가 수북한 쓰레기통
을 뒤집어 꽁초 하나하나를 세듯이 흩어놓았다.
　"손이 까매졌잖아요. 그만하세요. 이건 제가 치울게요."
　"비켜!"
　그녀는 곤을 밀어젖히고는 뭐라고 중얼거리면서 마당으
로 나가는 문을 열었다. 곤은 그녀가 동네 다른 사람들의 눈
에 띄어선 안 되는 상태라는 순간적인 판단이 들어 허리를

싸안고 안쪽으로 끌어들이려 했지만, 그녀는 팔꿈치를 휘둘러 곤의 얼굴을 치고 걸어 나갔다. 곤은 뚝뚝 듣는 코피를 소매로 훔치며 따라나섰는데 문득 그녀는 현관 밖까지 나가지 않고 뭔가를 발견하기라도 한 듯 그 자리에 멈춰 섰다.

그녀는 떨리는 어깨를 감싸며 고개를 들었다. 눈앞에 보여야 할 작은 마당과 현관문이 없었다. 텅 빈 검은 방에 혼자 서 있는데 무릎 아래로는 콜타르 같은 늪이 고여 발걸음을 뗄 수 없고 한기가 등골을 훑어내렸다. 눈앞에 거대한 끈 끈이주걱이 촉수를 꿈틀거리며 입을 벌리고 서 있었다. 눈을 한 번 깜박이자 그 모습은 접시 위의 몇 미터에 이르는 붉은색 환형동물이 타래를 튼 모습으로 바뀌었고, 눈을 한 번 깜박일 때마다 각각 농도가 다르며 눈과 입의 구획이 지어지지 않은 환형동물은 한 마리씩 불어나더니 곧 저희들끼리 몸을 얽어대며 우글거리기 시작했다. 혐오감으로 밟아 죽일 수 있을 만큼 자디잔 것들이 아니라 그녀의 몸에 한번 흡착하면 그대로 그 몸을 한입에 녹여 빨아들일 법한 거대한 것들로, 절지마다 두드러지고 반들거리는 큐티클을 가졌으며 암적색부터 분홍빛까지 다양하게 분포된 그 생물은 거대한 지렁이인지 개불인지 뱀인지 그게 아니면 자기 몸속의 내장

기관이 밖으로 튀어나온 것인지 알 수 없었다. 하나 선명한 느낌이라면, 동물이라는 중립적이고 광범위한 이름보다는 크기나 길이와 무관하게 아무래도 벌레에 가까워 보인다는 것이었다.

그 접시를 한 손에 받쳐 들고 다가오는 건 소라게의 머리에 상반신은 사람, 하반신은 물고기였는데 등 뒤로 채찍 같은 해파리의 촉수를 하늘거리며 흩날리고 있어서 지금껏 어느 탐사단도 발굴하지 못한 최초의 심해어처럼 보였다. 단지 물고기 하반신만이, 그녀가 평소 올라타지 못해 아쉬워했던 즐거운 환각 속 존재의 일부와 닮았다.

소라게 머리가 입을 뻐끔거리며 뭐라고 말을 건네는 듯했지만 소통 가능한 언어가 아닐뿐더러 벌레들이 자기들끼리 꿈틀거리고 몸을 비비며 사각거리는 소리가 너무 커서 들리지도 않았다. 그녀는 뒷걸음치려 했으나 무릎까지 찬 검은 늪 때문에 그럴 수도 없었거니와 다음 순간 눈을 깜박였을 때 소라게 머리는 등 뒤에 와서 달라붙어 있었다. 그녀는 그 축축하고 단단한 갑각류의 감촉에 얼어붙어 차마 고개를 움직여 돌아보지 못하고 눈알만 옆으로 천천히 굴렸다. 보면 안 되는 메두사의 머리 같은 것이라고 본능적으로 느끼면서도 왜 자신은 그것을 보려고 하는지 알 수 없었지만, 안구 근육이 파열될 만큼 힘을 주어 옆으로 시선을 움직였을 때, 눈시울에 닿아 꿈틀거리는 무언가를 느낄 수 있었다. 접시에서 몸을 일으킨 벌레 떼가 그녀에게로 옮겨 와서는 팔다리를 천천히 휘감아 올라오고 있었다. 그것들이 내뿜는 점액질의 분비물로 눈앞이 부예진 그녀는 소리를 지르려 했으나 이미 입까지 끈끈한 액으로 두껍게 덮여 있어서 숨이 막혀 올 뿐이었다.

쨍그랑!

그 소리에 그녀는 비로소 정신을 차리고 마당 구석에 선 자기의 맨발에 떨어지는 핏물을 내려다보았다. 그녀는 도무지 거기에 약이 있을 리가 없는데도 아버지가 쌓아둔 재활용품 상자를 들쑤시다 참치 캔 뚜껑에 손을 깊숙이 베었고, 아무리 불러도 그녀가 듣지 않자 곤이 병을 하나 뽑아 바닥에 깬 거였다.

"괜찮으세요?"

덕분에 거대한 벌레 떼한테서 벗어나기는 했지만 그녀는 다리에 힘이 풀려 주저앉았다.

"아, 안 돼요, 거기 앉으시면."

다리가 유리병 파편으로 너덜너덜해진 그녀를 곤이 붙들어 일으켰다. 그대로 안쪽 방으로 데리고 들어가려는데 그녀가 얼마쯤 마지못해 끌려가다가 문 앞에서 다시 쓰러지는 바람에 곤도 같이 밀려 넘어졌다. 그녀는 곤의 무릎에 앉아 아이의 얼굴을 바라보는 동안 손발의 경련이 어느 정도 가라앉았는데, 이 아이의 존재가 평소 경험하는 '좋은 쪽'의 환각을 떠오르게 해서였다.

"네가 그랬니?"

이렇게 묻는 목소리는 그녀 스스로도 놀랄 만큼 침착했다.

"네."

"어디 있니?"

"물에 다 녹여버렸고 그 물도 전부 하수구에 흘려보냈어요."

"왜 그랬니?"

"강하가 걱정하니까요."

별로 그렇게 보이지는 않았으나 곤은 그렇게 말하는 것이 가족 간에 가장 그럴듯한 명분이라고 짐작할 만큼의 상식은 있었다.

"그 녀석이 퍽이나."

그녀는 거뭇한 눈두덩에 주름을 잡으며 실소를 터뜨렸다.

"아주머니는 약을 드시는데도 계속 건강이 나빠지고 있잖아요. 약에 뭔가 문제가 있는 것 같아서 그랬어요. 이제라도 약을 끊고 입원 치료를 받았으면 좋겠어요. 할아버지께도 그렇게 말씀드릴 거예요."

감당할 길 없이 순진한 말과 결곡한 눈빛에 그녀는 허탈하게 고개 저었다.

"그 약은 치료 용도가 아니란다. 게다가 나는 이미 늦었지. 보면 모르겠니?"

그녀는 자기 몸에서 단 하나 빛나던 금목걸이를 당겨 뜯어냈다.

"그러니까 이런 것도 나한테는 어울리지 않아."

그녀의 손가락 끝에서 가볍게 늘어뜨려진 금목걸이 파편이 쩨그르, 소리와 함께 바닥에 모래처럼 흩어지자 곧 색이 탁해졌다. 그전까지 머금고 있던 빛이 거짓말이거나 한때의 환영이었던 것처럼.

"그래도 잠깐이나마 빛나게 해줘서 고마워."

목걸이가 걸려 있던 자리에 피가 맺히자 곤은 자기도 모르게 손을 댔다. 닿는 순간 과일이 물크러지듯 흘러나온 피가 손가락을 타고 흘렀다.

"그렇게 뜯어버리니까 상처 나잖아요. 여기저기 피투성이예요. 제발 일어나서 들어가세요."

그녀는 곤의 손을 잡더니 피 묻은 손가락에 혀를 가져갔다.

"이래저래 응급 상황이네. 나는 어차피 오래 살지 못할 거야. 내가 조금이라도 걱정된다면 네가 할 수 있는 일을 해줄래?"

"말씀해보세요."

"지금으로선 너 말고 임시방편으로 약 대신 쓸 수 있는 게 없을 것 같다."

그녀의 뜻 모를 말이 풍기는 모호하고 불안한 냄새가 콧속에 채 스며들기 전, 곤은 어깨와 머리에 실리는 갑작스러운 무게에 버티고 있던 상반신마저 기울어 쓰러졌다. 그리고 예감했다. 그녀는 늘 결말을 놓친 꿈속에서 본 하늘을 나는 물고기와 비로소 일체가 되고 싶어 했으며, 그 욕망이 충족되었을 때 할 수 있는 행동은…….

이야기가 끝나면 책장을 덮는 것 외에 더 당연한 순서란 없었다.

휴대전화 너머로 들려오는 절박하며 집요한 목소리에 강하는 함께 일하는 다른 여자아이에게 점포를 맡긴 채 편의점 로고가 박힌 앞치마 차림 그대로 달려올 수밖에 없었다. 유의미한 말보다는 울음소리가 통화 내용의 대부분이었지만, 그래도 '아주머니가 돌아가셨어'라는 말만은 분명히 들을 수 있었다. 그 말의 색깔과 무게가 측정되지 않았다. 그건 곧이 의사 전달을 명확하게 못 했기 때문이라고 여기며, 강하는 집으로 돌아오는 내내 비통해하기보다는 가슴이 뛰고 머릿속이 텅 비는 생물학적 수준의 반응을 유지했다. 슬픔은 현실을 인정하는 가장 효율적인 방식일 뿐으로, 자신이 사태를 확인하기 전에는 얘기가 성립되지 않는 감정이었다. 돌아오는 발걸음마다, 다가오려는 슬픔이 앞코에 채어 밀려나갔다.

강하가 하얗게 입김을 뿜어내며 대문을 열고 들어섰을 때는 어둠이 두껍게 깔린 저녁이었으나, 마당 구석에 놓인 수레에 기대앉은 모습으로 쓰러진 어머니의 모습과 마감이 거친 녹슨 수레 모서리부터 묻은 다량의 핏자국은 보였다. 피는 바가지로 끼얹은 듯한 모양으로 퍼져나가 있었다. 거기서 조금 떨어진 바닥에 곧이 정물화 속의 구겨진 식탁보처

럼 웅크린 채 흐느끼고 있었는데 양쪽 다 옷은 엉망진창이
었고 마당에도 군데군데 피가 튀어 있었다.

강하가 공구 상자에서 랜턴을 꺼내 들고 먼저 어머니의
얼굴을 비춰보니 뜬 눈과 벌어진 입이 보이고 다리 곳곳에
베거나 긁힌 핏자국이 있었지만 직접 사인은 수레의 철판
이음매에서 드레나버린 못으로 보였다. 핏자국의 진원지가
거기부터였고, 녹슨 못 끄트머리에 검붉은 살점인지 핏덩어
리인지가 걸려 있었다. 섣불리 맥을 짚어보았자 잡히지 않
을 게 틀림없을 텐데도 강하는 실감이 나지 않았다.

오히려 그다음으로 곤을 비추었을 때 곤의 피투성이가 된
양손과 상의를 보고 오싹하여 식은땀이 흐르기 시작했다.
죽어서 이미 물질이 된 것과 살아 있는 것이 주는 두려움의
차이는 이렇게 극명했다. 강하는 랜턴을 쥔 한 손이 떨리는
걸 다른 손으로 지그시 잡아 눌렀다.

"너도 다쳤어?"

곤은 장폐색증 환자처럼 구역질을 해가며 고개를 저었다.

"뭐 하다 이 지경이 됐는데?"

곤은 서둘러 설명하지 않으면 강하의 분노를 돋울 게 틀
림없어서 무리하여 입을 열었으나 그리로 나오는 건 딸꾹질

과 울음뿐, 사이사이 말의 형태로 된 것이 조금씩 끼어드는 정도였다. 제대로 된 서사가 빚어지기까지 시간이 걸렸다. 곤은 제 가슴을 쳐가며 스스로를 재촉했지만 뜻밖에도 강하는 다그치지 않고 이야기를 기다렸다.

"……그러지 말라고 했는데 아주머니는 이미 아무 말도 들리지 않는 것 같았어. 가만히 있을 수밖에 없었고, 그걸로 아주머니한테 조금이라도 도움이 되어서 진정시킬 수 있다면 다행이라는 생각도 들었는데. 하지만 그러다가 내 목을 조르는 바람에…… 처음엔 약을 내놓으라고 하더니 나중에는 '이제 잡았다'느니 알 수 없는 말을 하기도 했어. 눈 뜨고 꿈을 꾸는 모양이었지만 힘이 너무 세서…… 숨이 막혀서, 목이 아파서 나도 모르게 밀쳐버렸어. 피가 너무 많이 나서 어떻게든 눌러 막아보려고 했는데…… 이렇게 젖기만 하고…… 아주머니는 숨을 안 쉬고…… 절대 이러려던 게 아니었어. 미안해. 미안, 미안……."

픽!

강하가 휘두른 묵직한 랜턴에 얼굴을 맞고 곤은 울음을 멈췄으나 딸꾹질이 멎지 않았다.

"정신 차리고 지금부터 내가 하라는 대로 해."

말은 그렇게 했지만 강하도 어디부터 손을 대야 할지 몰라 까뒤집힌 머릿속을 발밑에 탈탈 털어놓고 시작해야 할 것 같았다. 이대로 부대에 벽돌과 함께 담아 호수에 던져버리나 싶다가, 며칠째 호수 주위를 알짱거리는 케이블 방송국 인간들도 떠올랐고 뭐가 됐든 할아버지가 돌아오기 전에 일을 수습해야 한다는 조급한 마음까지 들러붙어 새끼줄을 꼬아댔는데, 설상가상으로 현실에 닥치고 보니 자기가 아는 한도 내에서는 일생이 끝까지 불운했던 어머니에 대한 애도의 감정마저 솟아나고 있었다. 아무리 기억을 뒤져보아도 자신은 너무 일찍 외할아버지에게 맡겨졌고 어머니의 얼굴이나 한두 가지 에피소드 외에는 남은 게 없었는데도, 그 공허에까지 명복을 빌어야 할 것만 같은 기분이었다.

강하는 잠깐 랜턴을 내려놓고 담배를 물었다. 생각할 수 있는 경우의 수가 정신 용량의 한계치를 넘긴 지 오래였지만 일단은 당장 손댈 수 있는 일부터 해야 했다.

곤의 딸꾹질이 가라앉았을 때쯤 우선 피 묻은 옷을 벗게 하고 손과 얼굴, 발에 묻은 피를 수건으로 닦고서 보니 곤의 목에는 졸린 손자국이 보랏빛으로 남아 있었다. 곤의 몸이 어떤지를 생각하면 정당방위고 과잉 방어에 의한 과실치사고 그런 걸 따질 형편은 안 될 것 같았다.

"후드 셔츠로 입어. 가릴 수 있는 만큼 가려."

후드를 씌운 뒤 꽈배기 목도리까지 둘러 묶어주는 강하의 손을 내려다보며 곤은 순간 그걸로 자기 목을 조를 수도 있겠다고 생각했지만 강하는 그러지 않았다.

"날이 차니까 이렇게 싸고 다녀도 아무도 의심 안 해."

"기다려."

영문 모르고 강하가 하는 대로 가만있다가 곤은 비로소 불길한 예감이 들기 시작했다.

"지금 나더러……."

강하는 손을 살짝 들어 말을 잘랐다.

"이 사람은 내가 알아서 할 거고, 뭘 어떻게 하든 너는 눈에 안 띄는 게 나아. 되도록 멀리 조용한 데로 가."

"하지만 감옥에 갈 건 난데…… 아니, 그보다 이렇게 갑자기."

강하는 초조해지다 못해 짜증이 나기 시작했다.

"갑자기 뭐? 그건 할 수 없는 일이고 내가 네놈 대신 잡혀가겠다는 것도 아니야. 사고사로 할 거야. 실제로 사고이기도 하고."

"하지만 이렇게 도망이라도 치는 것처럼은."

"것처럼이 아니라 어떻게 봐도 도망이지. 왜? 자수해서 광명 찾고 싶어? 죄지은 자가 벌 받는 공정 사회라도 이룩할래? 나는 상관없지만."

강하는 곤의 후드를 벗기고 아가미가 달빛 아래 드러나도록 머리카락을 잡아당겼다.

"이게 있는 한 네 마지막 행선지는 감옥이 아니야. 잘 생각해봐."

그 순간 곤의 눈앞에 민물고기의 목을 단숨에 쳐내던 식도의 환영이 번쩍거리며 스쳐갔다. 평화로운 나날 동안 어쩌다 가끔씩만 떠오르던 장면이었다. 그것만으로도 곤은 더 이상 할 말이 없었다.

강하는 떨고 있는 곤을 그대로 마당에 두고 현관 안쪽으로 들어갔다. 집 안에서 무언가 부산하게 꺼내고 뒤지는 소리를 들으며 곤은 입술을 깨물다가 천천히 이녕 앞으로 다가갔다. 비록 반사적으로 밀쳐내기는 했지만 곤은 자신이 그녀의 손길과 미소를 좋아했음을 좀 더 구체적으로 깨달았다.

이런 나를 예쁘다고 해주었는데. 속마음이야 어땠을지 알 바 아니고 사실 대부분은 제정신도 아니었을 테지만, 그래도 나를 사람이라고 생각해줬는데.

그녀는 이미 자신을 보지 못하지만 곤은 그녀 앞에 무릎이라도 꿇어야 할 것 같았다.

"가까이 가지 마."

어느새 강하가 나와서 어깨를 붙들자 곤은 움찔하며 멈추었다.

"갈아 신은 신발에까지 피 묻히지 말라고. 얼마나 더 선명하게 발자국을 남길 셈이야."

비록 좋아하지는 않았지만 자신의 어머니에게 더 이상 접근해서 시신을 모독하지 말라는 뜻으로 알았는데 그게 아니었다. 그러고 보니 아까도, 어머니를 해친 원수에 대한 응징이 보통은 따귀 한 대로 끝날 리가 없다는 걸 생각해보면 그건 그저 정신이 번쩍 들라는 의미였다. 강하는 곤의 상상 이상으로 이 상황을 냉정하게 받아들이고 있었다. 곤은 강하가 내미는 대로 패딩 조끼를 입고 주는 배낭을 받았다.

"조끼 지퍼는 꼭 채우고 다녀. 지나가다 불쌍한 사람 보인다고 벗어줘도 안 돼. 뺏겨도 안 되고."

강하는 다시 담배를 물고 불을 붙이려 했지만 그 어수선

한 손놀림에 딸깍거리며 라이터 부싯돌이 긁히는 소리만 계속 날 뿐 불꽃이 일지 않았다.

"읍내로 나가면 터미널 어딘지 알지? ……호수 쪽으로는 절대 가지 마. 빙 돌아서 가더라도."

곤은 고개를 끄덕이고 물었다.

"이제 어떻게 할 거야?"

"마지막 전화는 어머니가 나한테 걸어서 약을 찾아내라고 난동을 부린 걸로 할 거야. 호출을 받고 내가 돌아왔을 때는 이미 본인이 금단증상으로 날뛰다가 이 지경이 된 거지."

"사고로 위장하는 게 그렇게 쉬워?"

강하도 실은 그게 걱정이었다.

"내가 알아서 한댔지. 넌 몰라도 돼. 설마 그렇게 멀뚱거리면서 영감태기 돌아오기를 기다렸다가 작별 인사라도 할 건 아니겠지. 빨리 가."

곤은 조금 망설이다가, 아무리 생각해도 이렇게 도망침으로써 자신에게 편리한 결과를 얻는다는 것 자체가 너무나 비현실적으로 느껴졌기에, 다른 모든 할 말과 비통함이나 고마움 그리고 미안함같이 손가락 사이로 빠져나가는 모래처럼 수습 불가능한 감정들을 젖혀두고 이렇게만 물었다.

"날 죽이고 싶지 않아?"

그것은 강하가 원하면 그렇게 되어도 할 말 없다거나 상관없다는, 가진 거라곤 남들과 다른 몸밖에 없는 곤이 보일 수 있는 최소한의 성의였다. 그때 라이터에 간신히 불꽃이 일어났다.

"……물론 죽이고 싶지."

작은 불꽃이 그대로 사그라지는 바람에 곤은 그 말을 하는 강하의 표정을 볼 수 없었다. 곤한테 다시 후드를 씌운 뒤 조임줄을 당겨 머리에 단단히 밀착시키고 강하는 이어서 말했다.

"그래도 살아줬으면 좋겠으니까."

살아줬으면 좋겠다니! 곤은 지금껏 자신이 들어본 말 중에 최선이라고 생각했던 '예쁘다'가 지금 이 말에 비하면 얼마나 부질없는 것인지를 폭포처럼 와락 깨달았다. 언제나 강하가 자신을 물고기 아닌 사람으로 봐주기를 바랐지만 지금의 말은 그것을 넘어선, 존재 자체에 대한 존중을 뜻하는 것만 같았다.

그러나 이제는 모든 것이 너무 늦었다. 곤은 대문을 열고 뒤돌아보았다.

"사정아 나아지면 다시 와도 돼?"

강하는 얼굴을 딴 데로 돌린 채로 손을 펄럭였다.

"다시는 오지 마."

곤의 발소리는 문간에서 그리 멀어지지 못하고, 몇 걸음만에 멎었다. 거기서 맴돌며 바닥에 남기는 주저흔의 깊이가 강하는 충분히 짐작되었다. 호수와 읍내를 제외하고 먼 길을 떠나본 적 없는 데서 비롯하는 두려움, 갑작스레 세상에 내던져져 마주 서야만 하게 된 당혹스러움 같은 것들. 이 세상은 온통 타인에 대한 의혹과 불신과 경악으로 가득 차 있다고 알려주며, 먼 길 나서지 못하도록 막아선 것은 강하였다.

그 망설임을 이해하면서도 강하는 문밖을 내다보지 않은 채로 나직하게 내뱉었다.

"가라고."

곧 타닥타닥, 작은 새가 날갯짓하는 듯한 소리와 함께 곤이 완전히 멀어지고 나서야 강하는 이녕 앞에 다가가 마주 앉았다. 그녀의 영혼을 위해서는 깊은 한숨을 쉬는 것조차 허락되지 않는 사치라는 생각에 그녀의 얼굴을 향해 담배 연기만 한 모금 뱉어내고는 고개를 떨어뜨리고 중얼거렸다.

"아, 나 진짜…… 도대체 왜 그랬어, 이 여자야……."

비로소 어깨를 찬찬히 들먹거리다 하늘을 올려다보니 어느새 달이 검은 구름 속에 들어가버렸다.

"……비나 확 쏟아져버려라."

그의 손은 휴대전화 폴더를 연 채 만지작거리고 있었다.

그리고 당신은 터미널에서 버스표를 사다가 확인했겠지만, 조끼 안주머니에는 돈 봉투가 들어 있었죠. 예정보다 너무 일찍, 그것도 갑작스러운 도주의 형태로 당신을 보내야 했기에 당장 갖고 있던 게 30만 원뿐이었다고 그랬어요. 그나마 그 전날 다니던 호프집에서 해고되어 자투리 임금을 정산 받아가지고 왔던 거라고요.

그 일 말인데요, 이미 5년이 지났고 강하 얘기론 다소 난관이 있긴 했지만 어떻게든 해결했다고 하니까 당신은 염려하지 않아도 돼요. 사고였다 한들 죄책감까지 잊어도 된다고 하지는 않겠지만요.

강하가 우선 헤쳐나가야 했던 과제는, 집에서 자기 휴대전화에 걸려온 마지막 통화 시각이었어요. 자기가 집으로 돌아오기까지 약 한 시간 반 정도의 시간차가 있었을 뿐이어서 그렇게 분 단위까지 치밀하게 오차 없이 검증되지는 않으리라는 데에 기대를 걸었는데, 어머니가 숨을 거둔 시각이 혹 전화가 걸려오기 전이라는 게 밝혀지면 어머니가 애타게 찾는 전화를 받고 뛰어왔다는 자신의 증언이 성립되지 않았을 테니까요.

그 증언을 위해 나름 애썼대요. 당신의 지문이 남았을 전화기를 통째로 한 번 닦고, 거기에 자기 지문을 묻히고 그 위에 어머니의 지문을, 피까지 같이 묻지 않도록 조심했다고요. 깨끗한 전화기에 그녀의 손자국만 남아 있으면 의심스러우니, 평소 집에서 누구나 돌아가면서 썼던 것임을 보여주기 위해 지문의 선후 관계까지 고려해가면서요.

그런데 다행히, 아니 이걸 다행이라고 말하자니 예의가 아닌데. 망자가 기저 질환이 있었을 경우는 열두 시간이나 스물네 시간도 아닌 한 시간 안팎의 사망 추정 시각 오차가 결정적인 영향력을 미치지는 않는 거였어요.

현장에 남아 있던 피 묻은 발자국 또한 강하의 신발 바닥에 있던 무늬와 달랐죠. 어디서나 흔히 볼 수 있는 싸구려 삼

선슬리퍼 자국으로, 그건 강하가 당신의 배낭에 피 묻은 옷 가지들이랑 끊어진 목걸이 줄과 함께 넣어 보냈지요. 그걸 어디다 버렸는지는 내가 물어볼 필요가 없겠지만. 어쨌든 강하는 처음에 약물중독으로 환각에 시달리곤 했던 어머니가 자신이 집에 오는 길에 본인의 실수로 사망한 것 같다는 각본을 만들어서 약물중독 환자를 방치한 혐의만 감수하려다가, 발자국부터 지문까지 감당 못 할 일이 한두 가지가 아닐 것 같아서 되도록 나서지 않고 신중하게 굴며 묻는 말에만 최소한으로 대답했어요.

그래서 그가 읍내에서 전화를 받고 집으로 돌아오는 길에 제삼의 침입자가 있었으리라는 가정 아래 수사가 진행됐어요. 물론 어린 시절 어머니의 부재로 상처 받은 강하 자신도 용의 선상에 올랐지요. 그렇게 될 걸 강하가 모르지는 않았어요. 경찰은 사망 시각이야 망자의 평소 건강 상태로 보아 맘만 먹으면 얼마든지 조작이 가능하고, 제삼의 침입자는 바로 아들이라는 가정을 첫 번째로 세웠다고 할 정도니까요. 그런데 결정적으로 마당에 깨진 병 조각뿐 아니라 어머니의 몸과 옷에 남아 있던 수많은 지문, 어머니의 시신을 살핀 강하의 것과 섞여 있긴 했지만 다른 사람의 것이 나타난 거죠. 거기에 여성이 사망하면 사망 시각 직전의 성관계를 범행과 연관 짓는 게 보통인데, 그녀의 몸에서 강하 것이 아닌 정액이 검출되었다는 게 중요한 단서가 되었고요. 그 샘플을 기존 전과자들의 데이터와 비교 분석하는 게 수사 진행 방식인데, 일치하는 게 나올 리가 없었죠. 당신 자체가 지금까지 사실 그 어디에도 존재하지 않는 인간이니까요.

그런 조사가 이어지는 동안 외할아버지도 강하도 자신들의 집에 누군가 다른 사람이 살았다는 사실에 대해 침묵했고, 이내촌 사람들도 다 같이 약속이나 한 듯이 그저 가끔 눈에 띄는 둥 마는 둥 했던 아이의 존재에 대해 입을 열지 않았대요. 사전에 입을 맞춰달라는 부탁을 하지도 않았고 그럴 만한 시간적 여유조차 없었지만, 경찰이 다녀간 인근 여덟 집에서 나중에 전해준 얘기라고 하더군요. 그 집엔 할아버지와 손자가 쭉 둘이 살다가, 노인의 병든 딸이 들어온 지얼마 되지 않았노라 대답했다고. 사건 당일에 시끄러운 소리를 듣긴 했으나, 그 딸의 상태가 워낙 좋지 않아 자주 듣던 소리라 그러려니 했다고.

나는 강하가 이내촌에 살았을 적에 거기 주민들이 정서적으로 얼마만큼 단결되어 있었는지는 알지 못해요. 그런데도 어떤 사회심리학으로도 설명할 수 없는 일을 그들이 한 거예요. 그래서 나는 얘기를 듣는 동안 생각하기를, 당신을 무사히 떠나보내기 위한 어떤…… 에너지의 흐름 같은 게 있지 않았겠나 싶었죠. 이심전심? 호수를 옆에 끼고 살아온 사람들. 물이 그들을 그렇게 만든 게 아닐까. 모든 물질의 응집력은 수분을 전제로 하잖아요.

증언의 최종 관문이라고나 해야 할까, 침입자가 있었다는 결론이 내려졌으니 당연히 집 안에서도 지문 채취를 할 거 아니에요. 당신이 생활하면서 남겨놓은 지문 위에 강하의 지문이 덧씌워져 있는 게 나오기라도 하면, 그건 침입자가 과거에 이 집에 살았거나 최소한 수없이 들락거렸다는 뜻이되어 그 전의 증언들과 맞지 않게 되어버리니, 그거야말로 최후의 위기였지요.

그런데 역시 다행인지 씁쓸한 일인지, 당신은 그 집에서 머문 날들 동안 강하의 눈치를 살피느라 최소한으로 몸을 웅크렸고 자신의 흔적을 덜 남기기 위해 노력했지요. 옷 한 벌조차 강하가 입던 것이었고요. 물론 그 옷들은 강하가 입기엔 작아진 것이라 만약 발견됐다면 의심받을 만도 한데, 다행히 그들은 옷장 서랍을 열어서 일일이 의복을 펼쳐보거나 검사용 분말을 칠하지는 않았대요. 쓰레기통을 뒤져 나온 휴지나 플라스틱 조각 등을 모두 검사차 가져가긴 했지만, 현장에서의 지문 채취는 벽이나 문짝 등 큰 세간을 중심으로 했다고 말이에요. 한편 강하로 말할 것 같으면, 조금 아까 당신이 그랬죠, 당신 손이 먼저 닿은 곳은 강하가 잘 안 만지려고 했다면서요. 컵 한 개조차 따로 쓸 만큼 당신을 벌레 보듯 했다고. 강하는 별로 깊은 뜻이 있어서 그런 건 아니었다고 변명처럼 말했지만, 습관적으로 그랬던 게 그날의 일에 도움이 될 줄 누가 알았겠어요.

그날의 사건에 관해 그가 내게 들려준 얘기는 여기까지예요. 그런데 나는 그의 앞에서는 애썼다, 고생 많았다 했지만 그의 말을 믿지는 않았어요. 완전 허구라기에는 현장감이 지나치게 넘쳤지만, 그렇다고 액면 그대로 받아들이기엔 뭐랄까요, 앞뒤 안 맞거나 허황되지 않으면 조악하고 허술한 부분들이 적지 않아서요. 그 왜 잠재지문이라는 것도 있거든요, 얼마나 오래된 건지 최근 건지, 남아 있는 지방 성분을 분석해서 그것이 찍힌 시기를 규명하는 방법이에요. 그러니 솔직히 나는 그가 벽돌과 함께 그녀를 담아 호수 바닥에 가라앉혔으리라는 쪽에 더 기울어져 있어요. 언제까지나 떠오

르지 않을 수는 없으리라고 생각하면서도, 그것 말고 다른
방법은 없지 않았을까…… 뭐 이제 와서는 그것도 나만의
추측일 뿐이고, 몇 가지 말들의 조합으로 검색해봤지만 이
내호에서 그녀라고 특정할 수 있는 시신이 나왔다는 기사는
최근까지도 본 적 없네요. 그러니 당신은 그가 말한 대로 믿
어도 괜찮아요.

다만 당신이 알아야 할 것은 따로 있어요. 강하가 예전에
당신을 어떤 방식으로 싫어했든 간에, 그 싫음이 곧 증오를
가리키지는 않는다는 걸. 그건 차라리 혼돈에 가까운 막연
함이라는 걸요. 사람을 바라보는 사람의 마음은 매 순간 흔
들리고 기울어지는 물 위의 뗏목 같아요. 그 불안정함과 막
막함이야말로 사람이 다른 사람을 받아들이는 유일한 방법
아닐까요. 우리가 누군가를 사랑할 때 확신할 수 있는 단 한
가지는, 이 마음과 앞으로의 운명에 확신이라곤 없다는 사
실뿐이지 않을까요. 강하와 할아버지만이, 그리고 막판에
이녕 씨만이 둘러싼 세상의 전부였던 당신에게, 이것은 선
뜻 이해가 가는 말이 아닐 수도 있겠어요.

원래 예정은 강하와 만난 다음 P읍에서 멀지 않은 쪽으로

바다에 들르는 거였어요. 그러고 나면 행선지가 어디든 간에 마지막 남은 돈으로 외국에 나가려고 했어요. 돌아오면 몸 붙일 데 없고 예전의 직업을 갖기도 틀린 일이지만, 그 이후의 일은 생각하기도 싫었어요. 어쨌든 그곳에서만큼은 하루라도 빨리 벗어나고 싶었는데, 그 주 내로 큰비가 올 거라는 예보 때문에 그나마 가진 옷도 적고 젖은 채로 돌아다니기도 싫었거든요.

그런데 곧바로 떠나지 못한 것이, 이튿날 여관에 짐을 놔두고 강하한테 작별 인사를 하러 식당에 들렀거든요. 마침 손님이 많아서 강하가 바빠 보이기에 제가 좀 거들었어요. 강하는 손님에게 그런 일을 하게 하면 미안하다고 몇 번이나 사양했지만, 그래 봤자 할아버지께 식사를 갖다드리는 일뿐이었고, 나는 노인을 잘 돌본다곤 말 못하지만 그 상황 자체는 익숙했기에 선뜻 자청한 거였어요. 또 그분은 내 엄마보단 상태가 좀 나으셔서 일단 윗몸을 일으켜놓으면 벽에 기대앉을 수가 있었고, 신체 반사 행위가 가능해서 노그스름한 유동식을 적당히 씹어 삼킬 정도였으니까요. 거동이 많이 불편하셔서 가겟방에 틀어박혀 계실 뿐 하루 중 3분의 1은 정신이 맑으신 것 같았고 자주 손자를 몰라보시거나 용변에 실수가 있으신 정도였어요.

그런데 그분이 처음에는 내가 누군지 묻지도 않고 굳이 알려 하지도 않으셨는데, 죽 그릇이 반쯤 비었을 때 갑자기 숟가락을 쥔 제 손목을 두 손으로 붙들었어요. 깜짝 놀라서 죽을 그 자리에 흘려버리는 바람에 행주를 가지러 일어나려는데 그분이 끌어당겨 도로 앉히고는 말하지 않겠어요. 당신이 우리 강하 색시냐, 제발 잘 부탁한다, 불쌍한 아이라고요. 나는 순간 기가 막혔지만 웃음을 터뜨릴 수는 차마 없었고 노인을 실망시키면 뭔가 안 좋은 일이 날 것 같아서 걱정 마시라고 대강 얼버무렸지요. 아니, 이 얼굴 어디가 강하 부인으로 보이냐 말이에요. 나는 강하보다 아홉 살이나 더 먹었다고요. 그런 일 세상에 전혀 없는 건 아닌 데다 노인이 그런 걸로 믿고 있는데 어쩌겠어요. 맞춰줘야지.

그날 밤 강하는 자기 전화기에 저장된 사진 몇 장을 보여주면서 조용히 중얼거리기를, 할아버지만 아니면 자신도 이런 물에 뛰어들고 싶다는 거였어요. 아니, 그런 뜻 말고. 정말 순수하게. 강하는 이내촌을 떠난 뒤 할아버지마저 그렇게 되고서는 물가는커녕 식당 뒤로 뻗은 산자락 한번 올라가볼 여유가 없었던 거예요.

그 사진들 내 전화기에 옮겨왔는데, 이것들. 봐요. 다 기억 나지요?

"막 이삿짐을 부려놓고 할아버지를 뉘느라 메시지 수신 알림 벨이 울린 걸 놓치고 5분쯤 지나서 확인해보니 문자라 곤 단 한 글자도 없이 이렇게 물가를 끼고 우거진 숲의 사진 만 떴습니다. 이렇게만 봐서야 어딘지는 알 수 없지만 딱 봐 도 강 아니겠어요. 10년을 호숫가에서만 맴돌던 놈이 더 넓 은 물로 나가긴 했구나, 그새 상황이 어떻게 달라졌는지 몰 라도 휴대전화가 생길 만큼은 형편이 나아졌구나 싶어서 발 신번호에 통화 버튼을 눌렀습니다. 그런데 웬 여자가 받더 라고요. 그 옆에서 뭐라고 하는 남자 목소리가 들려서 그게 녀석인 줄 알고, 이 사진을 보낸 사람을 바꿔달라 했죠. 그런 데 여자 말이 이래요. 지나가던 남자애가 세상 다 산 것 같은 얼굴로 잠깐 전화 좀 빌려달라고 해서 그렇게 했다고. 그런 데 막상 통화는 안 하고 멀리에다 대고 사진을 찍더니 어딘 가에 전송하더라는 거였습니다. 전화기를 돌려주고 그 아이 는 어디론가 사라졌으며, 본인은 자기가 찍은 게 아니기에 사진 보관함에서 바로 삭제했다고 하더군요. 옆의 목소리는 당연히 자기 친구라고 말이에요. 전화기 주인이 말해줘서 거기가 어느 지역의 무슨 강인지까지도 알아냈지만, 그 주변을 끼고 있는 숙소랑 식당을 검색해서 전화를 걸어봐도 그런 나이대의 남자 손님은 없다고 하더군요. 그러는 동안 문득 이런 생각이 들었습니다. 내가 지금 뭐 하고 있나? 이제 와서 녀석이 어디 있는지는 알아서 뭐 하나? 이미 녀석은 거기가 어디든 물가인 건 확실하고, 자기가 있어야 할 곳으로 갔으니까 말입니다. 그 후로도 1년에 한 번쯤 사진이 전송되어 왔지만 제가 늘 때를 맞추지 못해서 뒤늦게 발신 번호에 걸 때마다 녀석은 자리를 떠났다 하고, 그때마다 녀석은 다른 장소로 옮겨갔다는 사실만이 확인되더군요. 그래서 더 이상 녀석을 찾을 생각은 안 했지만 옮겨간 지역과 그 경로는 이렇게 지도에 표시했어요. 가장 최근에 마지막으로 전송되어 온 사진이 여기…… 리버벨트에서입니다. 그렇죠? 해류 씨가 떠나온 곳에서 멀리 떨어지지 않았죠. 이게 당신을 여기까지 발걸음하게 만든 이유입니다. 어디에 있든지 무사히 잘 살고 있는 모양이니 그걸로 됐다 싶으면서도, 나는 왜 아직까지 전화번호도 못 바꾸고 있는지는 모르겠지만요."

나는 숨기지 않겠어요, 곧. 딱히 내가 강하와 뭘 어쩌고 싶었던 것도 아니고 남들같이 알찬 미래를 설계하기에는 각자의 정신이 이미 늙어버렸지만, 그 순간 느꼈던 보통 이상의 친밀함은 그저 타인에게 받아들여지지 못할 유일한 무엇을 공유한 사람들끼리 나눌 수 있는 한 조각의 감정, 한 마디의 호흡이었다고 하겠어요. 어째서 강하를 찾아가보지 않고 가끔가다 한 번씩 사진 메일만 전송했느냐고 당신에게 묻지도 않겠어요. 안 봐도 뻔하잖아요, 다시는 오지 말라니까 그랬던 거지.

사실 아무리 생명의 은인이고 내 인생에 어떤 결정적 분기점을 찍은 사람이라고 해도 이렇게 직접 찾아다닐 생각은 없었어요. 만나보았자 당신이 지금까지 그랬던 것처럼, 봐요, 내가 누군지 눈치도 못 챌 거라고 생각했으니까요. 그래도 그나마 내 이야기를 들어주고 아, 언젠가 한번 강에 빠진 여자를 건진 적이 있긴 있었지, 기억해주는 것만도 다행이니.

그래도 당신을 찾아서 알려야 했어요. 우리가 그날 밤 병약한 할아버지를 놔두고 무엇을 했는지. 강하가 내가 묵고 있는 여관에 왔을 때, 나는 식당 문은 제대로 닫고 왔는지, 그 안쪽 방에 할아버지는 잘 주무시고 계신지 묻지 않았어요. 그냥 순수하게 강하 자체를 위로해주고 싶었어요. 어떤 의무도 약속도 책임도 묻지 않고, 짐을 벗어버린 맨어깨를 어루만져주고 싶었어요. 어린 친구에게 나쁜 짓을 하고 있다고, 이 친구를 빨리 원래 자리로 돌려보내야 한다고 마음속으로 몇 번을 중얼거리면서도, 할아버지는 깊이 잠들었고 금방은 깨어나지 않을 거야, 잠깐 돌봐드리지 않는다고 별로 문제 될 건 없어, 고작 길 건너편에 불과한걸, 이 친구는 아무것도 신경 쓰지 않고 이렇게 쉴 자격이 있어……라고 항변하는 목소리가 더 크게 이 심장에서 들려왔어요. 그래서 우리는 하늘에 금이 가는 소리와 창문을 두드리기 시작한 빗방울 소리를 들으며 내내 그 방에 있었어요……. 커튼을 한 번쯤 걷어봤어야 하는데, 그러면 얼마나 바깥이 심각한 상황인지를 알고 미리 대처할 수 있었을 텐데, 나는 커튼을 걷을 생각은 않고 강하에게 비 맞지 말고 좀 잦아들면 가라고 붙들었을 뿐이에요. 그렇게 몇 시간이 지나도록 말이에요. 아니, 어쩌면 며칠이었을까요? 끝까지 커튼을 열지 않았기 때문에 가물가물하지만 아마 하루는 지났을 것 같아요.

잠이 들다 말다 몇 번을 깨어나도 비가 그칠 기미는 보이지 않았고 오히려 심해질 뿐이어서 결국 나는 뭔가 이상하다는 걸 느끼고 텔레비전을 틀었어요. 이미 안테나 불량으로 화면을 거의 알아볼 수 없었지만 기상청의 호우경보 안내와 재난 방송이 나오다가 그마저도 전기가 잘못됐는지 금방 끊어져버렸고, 마침내 카운터에서 다급한 목소리로 내 방으로 전화했을 때에야 우리는 허둥지둥 옷을 꿰입고 있었어요. 카운터에서는 상황을 지켜본답시고 1층에 물이 차기 시작했을 때도 들어온 물을 닦아내면서 아무 말 않고 있다가, 이제 와서 이미 1층이 거의 다 잠겼고 인근 어느 곳이든 사정이 마찬가지라 사실상 대피가 불가능하다고, 5층으로 올라가서 헬기가 올 때까지 대기하라는 거였어요. 그나마 헬기도 사람이 많은 곳이나 건물 층수가 낮은 곳, 위급한 곳부터 순서대로 보내준다고 일단은 대기하라는 말이 전부였어요.

　물론 우리는 그 말을 듣지 않고 1층으로 내려갔는데, 정말 2층으로 올라오는 계단까지 물에 차 있었고 마침 계단을 올라오려던 여관 주인이 무릎까지 물에 잠긴 모습을 볼 수 있었어요. 엉성한 미닫이였던 여관 문은 이미 파손되어 그 밖으로 물이 출렁이면서 계속되는 비로 차오르고 있었는데,

주인은 우리더러 위로 올라가라고 손짓하는 거예요.

강하와 눈이 마주친 순간 우리는 한마디 말도 주고받지 않았지만 서로의 생각이 어디에 닿아 있으며 그다음 어떤 일이 벌어질지를 예상할 수 있었어요. 내가 그를 잡아야 했을까요? 아니면 개연성 따위 얼마든지 상실하고도 그것이 서사적 약속이라 주장하는 삼류 영화의 한 장면처럼, 당신이 가면 나도 가겠다고 따라나서야 했을까요. 그는 내가 강에 빠진 경험 때문에 조금이라도 깊은 물을 무서워한다는 걸 이미 알고 있었으니, 내가 함께 가자고 해도 거절했을 거예요. 내가 어떻게 했어야 할까요?

우리는 계단참에서 악수를 나눴는데, 정말이지 나는 그게 마지막이 되리라고는 생각지 않았어요. 이건 그저 피해 규모가 큰 홍수일 뿐이며 마을회관이든 학교 대강당이든 대피소에서 다시 만날 수 있을 줄로 믿었어요. 스스로는 몸을 거의 가누지 못하는 노인을 업고 물살을 헤친다는 게 얼마나 위험한 일인지 생각해보려 하지도 않았어요. 그도 그럴 것이 강하도 나한테, 들러줘서 고마웠다거나 만나서 반가웠다는 말 대신 먼저 가 있어요, 조금 이따 봐요, 이렇게 말했으니까요.

5층의 한방에 나랑 주인을 비롯해서 몇 명 되지 않는 투숙 손님들이 모여 창밖을 내다보고 있었어요. 사람이 적은 건물이라 구조 차례도 늦을 것 같다고, 이대로 고립이 되어도 당장은 큰 문제 없으니 비가 그쳐만 주면 안심이라는 말소리들이 오가는 걸 들으면서 나는 창밖으로 고개를 뺐어요. 5층까지 물이 차게 할 셈이냐고 주인이 소리치며 나를 끌어당겼을 때, 나는 식당 앞까지 가서 수압 때문인지 아니면 지붕에 걸쳐져 쓰러져 있는 나무 때문인지, 문을 못 열고 몸부림치는 강하의 점처럼 작은 모습을 보았어요.

드디어 강하가 식당 안으로 들어가는 데에는 성공했지만, 연속된 천둥 번개와 강풍으로 피로해진 나무들이 뿌리가 뽑혀 산에서부터 굴러 내려온 뒤였어요. 마지막으로 큰 벼락과 함께 강풍이 꽂히자 우리가 든 방의 유리창마저 깨지고 모두가 저마다 가진 옷을 덮어썼어요. 몸이 가벼운 몇몇 사람은 방 벽에 밀가루 반죽 치대듯이 내던져졌고 주인은 어떻게든 뚫린 창을 막아보려고 애썼지만 두꺼운 커튼 자락은 두 손으로 잡을 수 없을 만큼 펄럭였어요. 나는 창틀에 달라붙은 파편들을 밀쳐 떨어내고 몸을 내밀었지만 함께 있던 사람들이 위험하다며 자꾸 안으로 끌어당기고는 피투성이가 된 내 손을 옷으로 묶었지요.

우리가 그 방에 모인 지 세 시간쯤 지났을 때 빗줄기랑 바람이 잦아들었어요. 사람들 투덜거리는 말이, 결국 이렇게 비가 그치기까지 헬기 차례는 돌아오지도 않았다면서, 차라리 물이 빠지기를 기다렸다가 제 발로 걸어 나가는 게 낫겠다고들 그랬어요. 나도 이 오래된 건물이 무너지지 않는다는 걸 전제로 그 말에 공감했지요.

"빗줄기도 가늘어졌으니까 이제 창문 열어도 되죠?"

사실 한 일이라곤 그저 한데 모여 떨고 있었을 뿐인데도 간밤에 거대한 자연의 폭력과 사투라도 벌인 것처럼 모두가 탈진 상태였기 때문에 이제는 밖으로 몸을 내미는 나를 아무도 말리지 않았어요. 어둠침침한 밤의 흔적이 모니터의 불량 화소처럼 시야에 남아 있었지만 식당이 있었던 자리가 산사태에 덮이고 간판이 물에 둥둥 떠다니는 모습만은 볼 수 있었어요. 그 옆으로 몇몇 군인들이 얼기설기 얽은 간이 뗏목을 타고 생존자를 수색하는 광경은 한 폭의 초현실주의 회화 같아서 눈물도 비명도 나오지 않았어요.

전신주 같은 기본적인 구조물을 재정비하는 데까지는 엄

두도 못 내고 무너진 토사를 수습하는 데만 일주일이 걸렸는데, 식당을 비롯해서 그곳과 한 줄로 이어져 있던 가게들이 상당 부분 파손되어 자재들이랑 부러진 나무들이 뒤엉켜 있었기 때문에 나는 어디서 강하와 할아버지를 찾아야 할지 알 수 없었어요. 그나저나 찾는다고 해도 어쩔 셈이지? 나는 그들의 가족도 아닌데. 이런 막연한 생각만 되풀이하면서, 1층 물이 다 빠졌으나 창문은 대부분 날아간 여관방에서 떠나지 못했어요. 혹시나 싶은 마음으로, 한순간에 주거지를 잃은 사람들이 모인 읍내 회관에 몇 번을 들러 생존자와 사망자 명단을 확인했지만 두 사람의 이름은 실종자 명단에서 어디로도 옮겨가지 않았어요.

결국 거기 머물기로 작정하고 현장이 수습되는 걸 매일같이 지켜보면서 간혹 시신이 나왔다는 얘기라도 들으면 그게 어떤 상태일지를 충분히 각오하고 바로 확인하러 갔는데, 이상한 일이지요, 그때마다 아니라는 걸 알고 안도하다니. 그때까지도 그들이 살아 있으리라는 한 조각 기대를 버리지 못하다니 말이에요. 무너진 식당 자리가 어느 정도 정리되었지만 그 안에는 그들이 없었고, 아무리 폐허가 되었대도 그렇지 쏟아진 산사태를 걷어내고 보면 땅속이 그리 깊이 파헤쳐진 건 아니어서 그대로 묻혀버렸을 것 같지는 않은데, 대체 시신은 어디로 간 걸까요.

어디서 뭐가 나올지 몰라 나는 거기 4개월을 있었어요. 하는 일 없이 그러고 나니 수중의 돈은 크게 줄었고 어디로든 먼 데 떠나보겠다던 처음의 결심에서 점점 멀어지는 걸 느꼈지만 그건 이제 아무래도 상관없었어요. 마지막까지 남은 실종자 명단에 꼭 두 사람만 있었던 건 아니고 네 명인가 더 있었는데, 그 가족들이 제발 시체라도 찾아달라고 저마다 머리카락을 뽑아 내놓으며 울다 지쳐 나날이 피폐해지는 모습은 더 지켜보기 힘들었을뿐더러 나는 무슨 자격으로 여기 있나 싶더군요. 파도 파도 나오지 않는 시체, 이제는 나온다 한들 그건 백골에 가까울 것이며 그랬을 경우 남은 가족이라곤 없는 그들의 신원을 그 누가 확인할 수 있을까.

그래서 나는 그 현실을 아프게 직시하는 대신 동화를 선택하기로 했어요. 더 이상 시체가 나오기를 기다리지 않고 그곳을 떠나온 거죠. 마치 내가 처음 어둠 속에서 곧, 당신을 만났을 때처럼 내 좋을 대로 생각해버리기로 했어요. 강하는 할아버지를 무사히 찾았을 테지만 넘어진 나무와 쏟아지는 산사태에 밀려 홍수에 떠내려갔을 거고, 그 생사는 이제 알 수 없지만 만약 세상을 떠났다고 치면 두 구의 시신은 물살을 타고 부드럽게 흐르다 어딘가 복잡한 구조물에 걸리는 대신 강가로 닿았을 거라고요. 거기서 또다시 너울거리는 물결을 만나 휩싸이면 그대로 흘러 넓은 바다로 나갔을 거라고 말이에요.

강하는 어떻게 생각할지 모르겠지만 어쨌든 그를 마지막으로 만난 사람은 나니까, 그의 이미지의 파편을 갖고 있는 건 나뿐이니까…… 나를 구해준 당신에게 이 소식을 어떻게든 전해주지 않으면 이 세상 어디를 가도 후회할 것 같았어요. 이게 바로 내가 마지막 저장된 휴대전화 사진만 믿고, 아직 있을지 또 다른 데로 떠나갔을지도 모를 당신을 찾아온 이유예요. 만일 여기서 찾지 못했다면 강이란 강은 할 수 있는 한 찾아볼 예정이었다는 점도 말해두죠. 나름대로 가설을 세웠거든요. 사람들이 일상적으로 몰려드는 분주한 곳에서는 살지 않을 것이다. 되도록 사람이 적은 데나 비수기가 뚜렷하고도 그 기간의 폭이 넓은 곳. 집을 떠났을 당시의 신분이나 소지금 등 여러 가지 상황으로 미루어봤을 때 어느 곳에든 완전한 정착은 어려울 것이며, 어디를 가든 손님으로 있지는 않을 테고 어느 한적한 가게에 자신을 부치고 있을 테지.

그런 허술한 가정이 그래도 들어맞아서 감사한 마음마저 드는데요. 가게 안에서 당신의 얼굴만 봤을 때는 나이대가 비슷하다고만 생각해서 좀 두고 보자 싶었는데 물에 젖은 채로 나타난 당신을 보고 바로 이 사람이라고 확신했지요.

나쁜 소식이지만, 당신을 만나 이 이야기를 전해줄 수 있어서 마음의 짐을 조금 덜었어요. 그래도 죄책감이 완전히 사라졌다는 뜻은 아니에요. 내가 그날 밤 붙잡지 않았더라면, 찾아온 그를 곧바로 돌려보냈더라면 그는 어쩌면 살 수 있었을 텐데. 그러니까 나는 당신에게 이 소식을 전함과 동시에 용서를 빌러 온 거예요. 당신은 나를 구해줬는데, 나는 당신의 유일한 가족을 그렇게 떠나보내고 말았어요. 이제 당신이 남의 전화를 빌려다가 사진을 찍어 전송할 곳은 그 아무 데도 없어요.

이미 저질러버린 일이니 나를 용서해주지 않는다고 해도 할 말이 없지만, 내가 해줄 수 있는 다른 일이 있다면 뭐든 도울게요. 예를 들면 나는 강하가 당신에게 주고 싶어 했지만 결국 주지 못한 신분을 만들어줄 수 있어요. 이제 당신도 어른이 됐고 거기에 내가 이모나 고모 정도로 가족이 되어 보증을 선다면. 나는 이래 봬도 사회생활을 조금 한 편이고 공무에 관계된 사람들 가운데도 고객이 좀 있었는데 아는 분들 통해서 당신 신분쯤 새로 만드는 건 어렵지 않아요. 당신의 몸이 신기한 게 아닐뿐더러 누구한테도 공개될 필요 없이 사람들 사이에 섞여 살아갈 수 있어요. 모든 적응은 내가 도울 테고, 그러겠다고 한마디만 하면 나는 원래 여행을 떠나려던 계획을 모두 수정하고 다시 정착하겠어요.

그렇게 슬프게 웃지 마요. 그 얼굴을 보니 당신 대답은 잘 알겠으니까. 아니에요, 나한테 미안할 거 없어요. 고작 한 번 만난 데다 당신들의 세월에 대해 무얼 안다고, 내가 주제넘었던 거죠. 아이 참, 고맙다는 인사도 필요 없다니까요. 강하의 마지막을 함께한 게 나라는 이유만으로 그런 치사는 과분해요. 내 마음 가는 대로 움직였을 뿐이고 무엇보다 나를 그와 만나게 한 건 당신이니까요.

그런데 말이에요. 나 정말 이 말만은 꼭 들려주고 싶었어요. 비가 가늘어질 때까지 조금만 더 있다 가라고 그 사람 붙잡은 바람에 들을 수 있었던 마지막 이야기예요.

곧, 당신 이름 있잖아요. 그거 할아버지 아니고 강하가 지어준 거래요. 그렇게 부르기도 기억하기도 쉬운 단 한 글자

뿐인 이름을, 막상 자기가 붙여놓고 부르지도 못했대요.

그 무렵 강하는 『장자』를 어린이용 다이제스트 판으로 엮은 학급문고 도서를 읽고 있었대요. 장자의 첫 장에는 이런 얘기가 있거든요. 북쪽 바다에 사는 커다란 물고기, 그 크기는 몇천 리나 되는지 알 수 없는데 그 이름을 곤(鯤)이라고 한다……. 강하는 당신의 아가미를 제일 먼저 발견한 사람으로서 이거야말로 이 아이한테 가장 어울리는 이름이라는 생각이 들었대요. 하지만 그래놓고는 당신의 이름을 부른 적이 거의 없었죠. 그건 그다음 장에 있던 한 줄이 일종의 예언같이 느껴졌기 때문이에요. 이 물고기는 남쪽 바다로 가기 위해 변신하여 새가 되는데 그 이름을 붕(鵬)이라고 한다. 그의 등은 태산과도 같이 넓고 날개는 하늘을 가득 메운 구름과 같으며 한 번 박차고 날아오르면 구만 리를 날아간다고요.

언제 어떤 일로 떠날지 모르는 아이였잖아요. 오랜 기간 이내촌에 머물긴 했지만 실제로 당신은 불의의 사고로 떠나왔고요. 강하는 그 이름을 일상적으로 부르는 것조차 두려웠던 거예요. 한 번 제대로 마주한 적 없는 존재의 이름을 부르는 순간, 그 한 음절이 혈관을 부풀어 오르게 하고 마침내 심장이 터져버릴 것 같아서.

곤. 왜 그래요? 고개 좀 들어봐요. 잠깐, 어디 가는 거예요? 또 그렇게 무턱대고 물에 들어가지 말고요. 저기 사람들 있잖아요.

사각뿔 모양의 초록색 텐트는 위에서 내려다보면 모래밭에 떨어진 나뭇잎 같다. 그 안에서 한 소녀가 훌쩍거리고 소녀의 엄마는 아이의 어깨를 안아 달래고 있다. 소녀의 남동생은 찡그린 얼굴을 하고 담배를 사러 간다는 아빠를 따라나선 뒤로 돌아오지 않고 있다.

8월 중순만 되어도 휴가철이 끝날 무렵이라 바닷가에는 드문드문 때늦은 피서객이 있을 뿐인데, 날을 잘못 잡은 탓에 바닷바람은 세어 팔에 오스스 소름이 돋고 물에 뛰어들어 노는 것도 일찌감치 그만두었다. 그들 부부는 이곳에 오기 전에도 서로의 일터에서 주어지는 휴가 기간이 맞지 않아 다투었고 이곳에 와서도 아이들이 재미없다고 투덜대는 바람에 다시 싸웠으며 설상가상으로 소녀는 남동생과 머리카락을 잡고 소리를 지르다 헬로키티가 그려진 분홍 비치볼이 파도에 쓸려가버렸는데 소녀가 기어이 주워 오려는 걸 아빠가 못 가게 막은 데다 그러는 사이 젤리 슬리퍼 한 짝도 떠내려갔다. 소녀는 나머지 한 짝마저 바다로 내던지고는 이런 데 오는 게 아니었다고 화내며 텐트로 돌아온 뒤로는 줄곧 이 지경인데, 엄마도 이제는 지쳐서 남편이 돌아오면 휴가고 뭐고 다시 텐트를 걷어 돌아가자고 말할 참이었다. 이곳에 도착한 지 두시간 만의 결정이었고 앞으로는 여름휴가든 크리스마스든 간에 각자 좋을 대로 보내자고 말할 터였다.

지금처럼 남들이 이미 다 밟고 떠나 누더기가 된 해수욕장에 꾸역꾸역 짐을 싸가지고 온 것도 실은 아이들 학교에서 내주는 빌어먹을 방학 숙제 때문으로, 부모님과 온 가족의 단란한 피서 기록을 10분 안팎 동영상으로 저장해서 제출하는 수행평가였는데, 아빠는 그렇게 손이 많이 가거나 아이들 수준에 무리여서 최소한 어른이 신경을 써야 꼴이라도 갖출 수 있는 과제에 일절 관심을 보이는 일이 없고, 엄마는 이 과제에 담긴 두 가지의 전제 조건을 혐오하고 있어서 아이들은 아이들대로 불안해하며 왔다가 쌓인 불만이 서로

터진 참이었다. 그 두 가지란, 하나는 모든 아이들에게는 부모가 있을 것이며 따라서 가정은 화목하리라는 오류. 또 다른 하나는 모든 화목한 가정이 동영상 촬영 가능한 스마트폰이나 그에 준하는 전자 기기를 보유하고 있을 만큼 물질적으로 넉넉하리라는 짐작.

소녀는 눈물을 씻고 이제 숙제고 피서고 다 필요 없다며 수영복을 벗기 시작한다. 엄마는 아이가 혹시라도 감기에 걸릴까 큰 목욕 수건부터 찾는다. 그때 텐트 천막이 조금 눌려 바스락, 하는 소리가 난다. 소녀는 고개를 홱 돌리며 신경질적으로 밖에다 대고 묻는다. 아빠야?

그러나 밖에서는 더 이상 기척이 없고, 소녀는 아빠가 동생을 데리고 들어오려다 자신이 옷을 갈아입는 걸 알고 담배를 피우며 기다리는 모양이라 생각한다. 소녀는 엄마가 주는 대로 마른 옷을 다 꿰입고 텐트 지퍼를 열어 고개를 내민다. 됐어 들어와!

그러나 밖에서는 아무 대답이 없고 아빠와 동생은 아직 돌아오지 않은 모양으로, 고개를 좌우로 돌려보았을 때 소녀는 문득 텐트 옆에 반쯤 바람 빠진 비치볼과 물풀이 한 가닥 엉킨 젤리 슬리퍼 한 켤레를 발견한다.

텐트 밖으로 달려 나갔던 소녀가 얼마 있다 돌아오자 엄마는 왜 아빠와 동생이랑 같이 돌아오지 않았느냐고 묻는다. 소녀는 아빠도 동생도 보지 못했고 둘은 아마 상가 있는 데까지 멀리 나간 모양이라며 고개를 젓는다. 다만 소녀는 어디까지 휩쓸려갔는지도 몰랐던 자신의 비치볼과 젤리 슬리퍼를 주워다 준 것으로 보이는 누군가의 뒷모습이 멀어지는 걸 발견하고 쫓아 나간 것이라 한다. 달려가 팔을 붙잡았을 때 그 사람은 자기가 한 일이 아니라는 듯이 고개를 살짝 저으려 했으나, 부정하기에는 물에 젖은 몸과 옷에 묻어 있는 녹조류 일부가 너무나 선명하여 난처해 보이는 미소를 지었을 뿐이었다고 한다.

……내 물건 때문에 옷이 모두 젖어 미안하니까 잠깐 우리 텐트에 들러서 아빠 옷이라도 빌려드리겠다고 했지만, 그 아저씨는 원래 자기는 바다가 좋아서 물에 아주 들어가 사는 사람이니까 괜찮다고 그러잖아. 그래서 왜 바다에 사느냐고 물어봤거든. 아주 중요한 사람을 찾고 있대. 그런데 왜 밖에서 안 찾고 물에서 찾느냐고 물었더니, 사실은 중요한 사람의 시체를 찾고 있다는 거야. 그게 조금 무서워져서

그럼 안녕히 가세요, 고맙습니다, 하고 고개를 깊이 숙였어. 근데 머리를 들었을 때는 이미 그 아저씨가 몸을 돌리고 걸어가더라고.

나는 그때 분명히 봤어. 아주 짧은 순간이었지만 그 아저씨의 젖은 머리카락이 바닷바람에 날렸거든. 그때 목과 귀 사이에 깊이 패어 있는 상처가 보였어. 그 상처가 살짝 떨리면서 물이 조금 흘렀고 아저씨한테서 나는 바다 냄새가 바람에 실려 더 진해졌어. 키 차이도 나고 해서 제대로 보지 못하는 바람에 뭔지는 확실히 알 수 없었는데, 좀 더 가까이서 올려다보고 싶어져서 다가갔지만 아저씨는 뒤도 안 돌아보고 다시 바다로 들어가버렸어. 내가 눈 한 번 깜박였을 때는 이미 저만치 멀어져 있었는데, 아저씨 머리가 완전히 물속으로 사라지기까지 눈을 뗄 수가 없었어.

엄마, 내가 인어를 봤다니까? 그 아저씨는 분명 바다 깊이 궁전에 사는 인어 왕자님일 거야. 그런데 마녀가 준 약을 먹고 두 다리가 생긴 거지. 인어 왕자님은 누구를 위해 다리를 얻은 걸까? 그러면 역시 언젠가는 물거품이 되어서 아침 햇살에 부서져버릴까?

아가미

초판 1쇄 발행 2018년 3월 30일 **초판 33쇄 발행** 2024년 10월 25일

지은이 구병모
펴낸이 최순영

출판2 본부장 박태근
스토리 팀장 김소연

펴낸곳 ㈜위즈덤하우스 **출판등록** 2000년 5월 23일 제13-1071호
주소 서울특별시 마포구 양화로 19 합정오피스빌딩 17층
전화 02) 2179-5600 **홈페이지** www.wisdomhouse.co.kr

ⓒ 구병모, 2018

ISBN 979-11-6220-339-2 03810